포커스아웃 보이

포커스아웃 보이

제1판 제1쇄 2025년 9월 5일

지은이 정은
펴낸이 이광호
주간 이근혜
편집 박지현
마케팅 이가은 허황 최지애 남미리 맹정현
제작 강병석
펴낸곳 ㈜문학과지성사
등록번호 제1993-000098호
주소 04034 서울 마포구 잔다리로7길 18 (서교동 377-20)
전화 02) 338-7224
팩스 02) 323-4180(편집) 02) 338-7221(영업)
대표메일 moonji@moonji.com
저작권 문의 copyright@moonji.com
홈페이지 www.moonji.com

ⓒ 정은, 2025. Printed in Seoul, Korea.

ISBN 978-89-320-4433-0 43810

이 책의 판권은 지은이와 ㈜문학과지성사에 있습니다.
양측의 서면 동의 없는 무단 전재 및 복제를 금합니다.

이 책은 서울특별시, 서울문화재단 '2025년 창작집 발간지원 사업'의 지원을 받아
발간되었습니다.

포커스아웃 보이

정은 장편소설

문학과지성사

차 례

1장
로딩 중
007

2장
싱크아웃 걸
047

3장
포커스아웃 보이
083

4장
미리 도착한 대답
147

작가의 말
171

1장 로딩 중

1

 내 얼굴은 흐릿하다. 얼굴에만 모자이크 처리를 한 사진처럼. 손으로 얼굴을 만지면 이목구비가 뚜렷하게 만져진다. 눈도 크고 코도 오뚝하고 입술도 두꺼운 편이다. 하지만 내 얼굴을 보려고 하면 이목구비의 선이 뭉개지고 흐릿하게 보인다. 멀리서 봐도 흐릿하고, 가까이서 봐도 흐릿하다. 다른 사람이 나를 볼 때도 그렇고 내가 거울을 볼 때도 그렇다. 마치 내 얼굴 앞에만 반투명 마스크가 쓰인 것처럼 보인다.

 내가 태어났을 때는 아무도 이상한 점을 발견하지 못했다. 원래 신생아는 눌린 만두처럼 생겼으니까 양수 속에서 피부가 불었다고 생각했을 뿐. 나를 처음 봤을 때 엄마는 내가 아빠를 똑 닮았다고 생각했다. 옆에서 탯줄을 자르기 위해 대기 중이던 아빠는 내가 엄마를 똑 닮았다고 생각했다. 둘 다 그 사실에 행복해했다.

 분만실 의사는 나를 어디서 많이 본 것 같다고 생각했고, 간

호사는 내가 자기 아들을 닮아서 이상하다고 생각했다. 내 흐릿한 얼굴에서 다들 자신이 보고 싶은 사람의 얼굴을 봤다. 마치 뇌가 모자란 정보량을 저절로 채워 넣는 것처럼. 그런 까닭에 모두가 내 얼굴에 친근감을 느꼈고, 나는 신생아실에서도 산후조리원에서도 인기가 많았다. 나의 탄생을 축하하기 위해 집에 놀러 온 친척들도 아기가 아빠를 닮았네 엄마를 닮았네 자기를 더 닮았네 하며 부질없는 싸움을 하면서 기뻐했다. 그저 축복받기에도 시간이 모자랐기 때문에 신생아 얼굴의 이상한 점을 따져 묻는 사람은 없었다.

아기 얼굴이 어딘가 이상하다는 느낌은 있었지만 부모님은 계속 그 사실을 모른 척했다. 밤낮으로 울어대는 까닭에 수면 부족으로 정신이 없기도 했다. 부모님이 그 문제에 관해 처음으로 진지하게 대화를 시작한 것은 백일 사진을 찍던 날이었다.

엄마는 내가 태어나기도 전에 동네에서 사진을 가장 잘 찍는다는 사진관에 백일 사진 촬영을 예약해두었다. 하지만 실력이 뛰어나다는 사진사는 카메라 셔터를 수백 번 눌러도 제대로 된 사진 한 장을 건지지 못했다. 그의 표정은 갈수록 심각해졌다. 마침내 그는 정중히 부탁했다. 전액 환불해줄 테니 그냥 돌아가달라고. 엄마 아빠는 그 이유를 따지기는커녕 죄지은 사람처럼 조용히 내 옷을 갈아입히고 짐을 챙기기 시작했다. 내심 켕기는 부분이 있었다. 그 모습을 보며 사진사가 안타깝다는 듯이 말했다.

"제 촬영 실력은 문제가 없습니다. 카메라도 문제가 없습니다.

그렇다면 피사체에 의문을 품어보는 수밖에 없지요."

"그런 것 같네요."

엄마 아빠가 쉽게 수긍하자 사진사는 오히려 당황했다고 한다. 자기 아이 얼굴이 이상해서 사진이 안 찍힌다는 말을 기분 좋게 받아들일 부모는 없으니까. 하지만 부모님은 그동안 쌓이고 쌓였던 의심이 단박에 확실해지면서 마음이 후련했다. 내 얼굴이 이상하다는 말에 깊은 안도감을 느꼈다. 부모님은 그 순간 깨달았다. 누군가가 그 말을 대신 해주기를 내내 기다리고 있었다는 걸. 엄마 아빠는 집으로 돌아오는 길에 한마디도 하지 않았지만 각자 속으로 그동안 쌓아온 의심을 하나씩 꺼내 검토하기 시작했다.

그 스튜디오 촬영이 나의 첫 사진 촬영은 아니었다. 부모님은 내가 태어나기 전부터 최신 기종의 비싼 카메라를 사두었고 매일 비슷한 사진을 수십 장씩 찍었다. 물론 제대로 나온 사진은 한 장도 없었다. 그렇지만 원래부터 카메라 조작에 미숙하고 촬영 실력이 형편없던 부모님은 그걸 본인들의 실력이 부족한 탓으로 여겼다. 카메라가 고장 난 것 같다는 생각도 들었지만, 수리를 맡기러 갈 시간은 없었다. 그즈음 식당을 새로 오픈한 부모님은 막 태어난 나와 식당을 동시에 돌보느라 정신없이 바빴다.

백일 사진 촬영에 실패하고 돌아와서 엄마 아빠는 나를 눕혀놓고 처음으로 내 얼굴에 관해 토론을 시작했다. 아빠가 먼저 말을 꺼냈다.

"우리, 솔직해지자. 뭔가 좀 이상한 것 같지?"

엄마는 말없이 고개를 끄덕였다.

"나만 그렇게 느낀 거 아니지?"

두 분은 말없이 나를 쳐다보았다. 한참 뒤에 아빠가 말했다.

"손은 뚜렷하게 보이지?"

"발도 뚜렷하게 보여."

엄마가 대답했다.

"근데 왜 얼굴은……"

"왜 얼굴은 희미하게 보일까?"

"그러게."

"그러니까."

"이제 어쩌면 좋지?"

엄마 아빠는 새근새근 자는 내 얼굴을 살살 만져보았다. 분명히 손끝에 느껴지는 감촉에 의하면 눈도 있고 코도 있고 입도 있었다. 뚜렷한 입체감이 느껴졌다. 움푹 파인 눈과 오뚝한 코와 두껍고 부드러운 입술. 나를 씻길 때마다 부드러운 가제 수건으로 닦아주었던 얼굴. 분명히 손에는 만져지는 이목구비가 왜 눈에는 뚜렷하게 보이지 않는 걸까? 막막한 마음으로 엄마 아빠는 포옹하고 한참 동안 서로의 등을 토닥였다.

아빠가 결론을 내렸다.

"이게 어떻게 된 거냐면, 애 태명이 '로딩 중'이었잖아? 태어나긴 했지만, 얼굴은…… 여전히 로딩 중이야."

"로딩 중이라고……?"

"아닌 거 같아? 그럼 다른 결론이 있어?"

"없지."

"그거 봐."

"사람 얼굴이 생기는 데도 버퍼링이 걸리나?"

엄마가 물었다.

"뭐, 그럴 수도 있지."

"전송을 어디서 받는데 버퍼링이 걸려? 우주에서 오나?"

"무선장애가 일어났나? 뱃살 때문에?"

말하면서도 후회할 말을 하고 아빠는 등을 한 대 맞았다. 본인들이 하는 말이 농담인지 진담인지 모르겠다고 생각하면서 엄마가 다시 진지하게 물었다.

"그럼 로딩 중이라면…… 몇 퍼센트쯤 왔나?"

"음…… 한 78퍼센트?"

"그럼 남은 얼굴은 아직 오고 있는 걸까?"

"아마도."

"그러면 얼굴이 뚜렷하게 다 보일 때까지 조금 더 기다려보자. 이제 막 태어나서 자라고 있잖아. 아직 생성 중이야."

2

나는 이 이야기를 듣고 또 들었다. 들을 때마다 내가 부모님을 사랑하고 존경하긴 해도 두 분은 지나치게 낙관적이라는 생각이 든다. 부모님이 그 대화를 나눈 지 16년이 지났지만 내 얼굴은 여전히 흐릿하다. 키는 174센티미터에 자랄 만큼 다 자랐지만 엄마 아빠는 아직도 내가 덜 자라서 그런 거라고, 내 얼굴이 로딩 중이라고, 언젠가 100퍼센트 도착할 거라고 굳게 믿고 있다.

얼굴이 로딩 중이어도 딱히 큰 문제는 없었다, 집 안에 있는 동안에는. 동네 놀이터에 나가면서 문제가 시작되었다. 다른 집 아이의 엄마, 아빠, 할머니, 할아버지가 나를 집에 데리고 가는 일이 종종 일어났다. 내 얼굴을 대충 보고는 자기네 아이로 착각해서 데리고 가는 것이다. 사람들은 자기가 보고 싶은 것만 보고 사니까.

엄마는 놀이터에 대신 남겨져 홀로 우는 아이를 나와 바꾸기 위해 그 아이들의 집을 찾아다녔다. 그래서 어릴 적 내 사진들을 보면 '왜 저런 옷을 입혔을까?'라는 말이 절로 나오는 사진이 많다. 스파이더맨 옷이라든가 텔레토비 옷 같은. 그런 옷차림의 아이를 내 아이라고 말하기 부끄러울 정도다. 그만큼 두 분은 절박했으리라.

 엄마는 "나는 진이에요"라는 말을 먼저 가르쳤다. 누가 나를 데리고 가려고 할 때마다 앵무새처럼 "나능 지니에요!" "나능 지니에요!" 외치게 훈련했는데 의외로 효과가 좋았다. 물론 여전히 자기네 아이로 착각해 "그렇군요, 지니 님. 제 소원도 들어주세요" 하면서 데리고 간 사람도 있긴 있었다.

 중학생이 되어 교복을 입으면서 비슷한 상황이 반복되었다. 교문을 나서거나 버스에서 내릴 때면 반갑게 인사하며 다가오는 사람들이 있다. "아들!" 하고 외치면서 껴안는 사람도 있다. 그들은 내 흐릿한 얼굴에서 사랑하는 자식의 얼굴을 본다. 그러니까, 얼굴을 대충 본다는 뜻이다. 생각보다 많은 사람이 다른 사람의 얼굴을 대충 본다는 사실을 알게 되었다. 그래서 수없이 많은 부모의 품에 안겨보았는데, 그럴 때마다 자식을 매일 봐도 매일 보고 싶어 하는 부모가 세상에 참 많다고 생각했다.

 또 뜻하지 않게 알게 된 사실이 있는데, 누이들은 길에서 남동생이나 오빠를 마주치면 반가움의 표시로 머리를 때리거나 등을 치거나 발로 걷어찬다. 반가우면 포옹을 하지 왜 사람을 때릴까. 내가 외동이라서 그런지 정말 이해가 되지 않는다. 남매들은 집에서 어떤 전쟁을 벌이길래 그러는 걸까. 그것이 바로 내가 전교에서 유일한 형광 핑크색 가방에 작은 인형을 주렁주렁 매달고 다니게 된 이유다. 확실히 그 후로는 나를 다른 사람으로 착각하는 일이 줄었다.

어릴 적에 나를 자주 잃어버려서 그런지, 학교에 갔다가 돌아오면 엄마는 늘 호들갑스럽게 반가워한다. "진이 잘 갔다 왔니?" 하고 내 이름을 먼저 불러서 확인하고, 두 손을 내 얼굴에 대고 손가락으로 부드럽게 쓰다듬는다. 3D 스캔을 하듯이. 보는 것으로는 내 얼굴에 닿을 수 없으니 촉감으로 가닿겠다는 듯이. 내 얼굴이 지도인 것처럼. 내 눈과 코, 입의 굴곡을 부드럽게 쓰다듬는 것으로 포옹을 대신한다.

그럴 때 엄마의 손가락 끝은 눈 같다. 그 손가락들은 내 흐릿한 얼굴 뒤의 진짜 얼굴을 알고 있다. 눈이 담지 못하는 것을 두 손에 다 담아간다. 대화 없이도 마음에서 마음으로, 감정이 손가락을 따라 다 전해지는 것 같다.

그런 인사법 덕분인지 엄마와 아빠는 늘 내 감정 상태에 대해 훤히 알고 있다. 힘들어서 표정이 굳은 날, 울어서 눈이 퉁퉁 부은 날, 화가 나 있는 날…… 말로는 알리고 싶지 않은 내 기분을 엄마 아빠는 다 알고 있다. 그렇게 손끝으로 숨김없이 연결된 것 같아서, 어떨 때는 아직 도착하지 않았다는 22퍼센트의 내 얼굴이 영원히 오지 않기를, 영원히 로딩 중이기를 바라기도 한다.

3

내 흐릿한 얼굴로 인해 나를 다른 사람으로 착각하는 사람이 많다면, 내가 존재한다는 사실 자체를 잊어버리는 사람도 많다. 특히 교실에서 아이들은 나라는 존재를 자주 잊는다. 자동으로 내가 배경으로 인식되는 것 같다.

그럴 때 나는 결코 주인공이 될 수 없는 '지나가는 사람3' 같은, 엑스트라 같은 존재다. 그러니까 나는 무리 속에 섞여 있으면 사람들의 인식에서 지워지고, 보고 싶은 얼굴이 있는 사람이라면 그 얼굴이 내 얼굴에 덧씌워진다. 이런 두 가지 상반된 상황을 왔다 갔다 하며 온갖 귀찮은 일을 겪으면서 살아왔다.

학교에서 '지나가는 사람3' 같은 존재로 사는 건 크나큰 장점이 있다. 수업 중에 선생님의 눈에 띄어 지목당하는 일이 없다. 동시에 같은 이유로 인한 단점도 있는데 "왜 안 왔냐?"라는 오해를 자주 받는다. 초등학교 3학년 때의 일이다. 민호의 생일 파티에 초대받아 친구들과 신나게 놀고 온 다음 날 왜 안 왔냐는 핀잔을 들었다. 억울했던 나는 그날 찍은 사진을 증거로 내밀었지만, 정작 친구들은 흐릿하게 찍힌 내 얼굴을 준규로 기억하고 있었다. 준규는 오지도 않았는데. 그때는 내가 충분히 인상적이지 않아 친구들의 기억에서 삭제되었다고 생각했고, 그래서 한동안 별의별 튀는 행동을 해보았지만 소용이 없었다.

 나는 '인상적'이라는 말을 사전에서 찾아보았다. 인상이란 '사람 얼굴의 생김새'라고 되어 있었다. 그러니까 나한테는 인상이 없었다. 얼굴이 흐릿해 인상이 남지 않았다는 걸 알게 된 후로는 튀는 행동을 그만두었다. 기억에 남으려는 노력을 멈추고 나니 평화가 찾아왔다. 없는 사람처럼 지내도 전혀 문제가 없었다. 내 미래가 빤하게 그려졌다. 나중에 대학에 가서 엠티에 가거나 미팅에 나가도, 취직해서 회식에 참석해도 사람들은 나를 기억하지 못할 것이다. 그러니 대학은 가지 않을 것이다. 취직도 하지 않을 것이다. 대신 계획 중인 미래가 있다.

 나는 나를 증명할 필요가 없는 곳에서 자유롭게 살 계획이다. 내가 즐겨 보는 TV 프로그램이 딱 하나 있는데「나 혼자 자유인이다」라는 다큐멘터리이다. 매회 산속이나 무인도에서 혼자 사는 사람이 나온다. 드론을 띄워 산속 깊이 홀로 있는 집들을 찾아 섭외한다고 한다. 그렇게 아무도 모르는 곳에서 자급자족하며 자신을 증명할 필요 없이, 그저 존재하는 사람들의 이야기가 나는 너무나 좋다.

그 '자유인'들이 알려주는 생존법을 받아 적은 생존 비법 노트가 항상 가방에 있다. 그들이 공개한 산나물 구분법, 산나물 요리 레시피, 닭 잡는 법, 토끼 사냥법, 낚시법을 다 적어놓았다. 내 가방 속 유일한 암기 노트다. 물론 촬영이라 조작한 면도 있겠지만, 그들이 대체로 행복해 보여서 안심이 된다. 나는 외로움을 타지 않으니까 '자유인'들처럼 숲속에서 혼자 잘 살아갈 자신이 있다. 와이파이만 된다면 그 어느 오지라도 상관없다. 하지만 그런 날이 오기 전까지 학교라는 것을 견뎌야 한다. 고등학교 졸업장이 별로 의미가 없다고 생각하지만, 고등학교는 졸업하기로 부모님과 약속했기 때문이다.

학기 초에 반 친구들은 내 얼굴이 흐릿하다는 사실을 깨닫지 못한다. 나도 굳이 그 사실을 밝히지 않는다. 초등학교 때까지 부모님은 내 얼굴이 보통 사람과 조금 다르다는 점을 담임선생님한테 미리 알렸다.

차츰 나이를 먹어가면서 그 사실을 굳이 밝힐 필요가 없다는 것을 깨닫게 되었다. 이제는 내 얼굴이 로딩 중이라는 것을 애써 밝히지 않는다. 어차피 사람들은 다른 사람들, 특히 나처럼 평범한 고등학생의 얼굴에는 관심이 없다. 새로 익혀야 할 얼굴은 많고 시간은 빠르게 지나가 금세 방학이고, 그러다 보면 반 친구 중 몇몇은 제대로 얼굴도 기억 못 한 채 학년이 끝나버리곤 하니까.

나는 그런 애들 중 한 명이 되면 된다. 너무 나서지 않고, 있는 듯 없는 듯 적당히 분위기 맞춰주면서 묻어가는 법을 터득했다. 그렇게 1년을 잘 버티면 되는 것이다. 그런데 새 학년이 시작하고 한 달 안에 문득 의문을 품기 시작하는 친구들이 꼭 한 명씩 있다. 집에 돌아가는 길에 혹은 숙제하다가 갑자기 그 생각이 떠오른다고 한다.

'그런데 진이 얼굴이 어떻게 생겼더라?'

그러니까 세상엔 두 종류의 사람이 있다. 내 얼굴을 알고 있다고 대충 생각하는 사람과 정확한 내 얼굴을 기억하려고 집요하게 애쓰는 사람. 이건 전적으로 성격의 문제다. 나는 이제 MBTI 검사처럼 이 반응으로 성격검사 유형지도 만들 수 있을 것 같다. 후자에 속한 유형이 반에 한두 명은 있고, 보통 내 얼굴에 의문을 가지기까지 일주일에서 한 달 정도 걸린다. 그 애들은 어느 날 갑자기 해치워야 할 중요한 문제가 있다는 듯이, 등교하자마자 나를 향해 돌진해온다. 내 얼굴을 빤히 쳐다보면서.

그럴 때마다 내 심장박동은 요동친다. 중학교 2학년 때까지는 이런 순간을 맞닥뜨리면 도망을 쳤다. 그래 봤자 소용없다는 걸 알게 된 이후로는 도망치지 않는다. 대신 나름대로 터득한 응대법이 있다. 이런 유형의 사람한테는 내 얼굴이 왜 흐릿하고 제대로 보이지 않는지 이유를 설명하는 대신, 친구의 얼굴을 대충 기억하는 것이 뇌에 어떤 장점이 있는지를 차근차근 설명해준다.

"그건 네 두뇌의 효율성 때문이야. 전두엽은 처리해야 할 정보량이 너무 많잖아? 굳이 정확하게 알 필요 없는 것은 대충 생략

하고, 더 중요한 일을 위해 성능을 아껴두는 거야. 그러니까 너의 뇌가 너무 효율적으로 작동해서 그래."

이렇게 과학적인 것처럼 대충 둘러대면, 대부분은 "아, 그래서 그런 거구나" 수긍하고 넘어간다.

두번째 유형에 속하지만 끈질겼던 친구가 한 명 있는데 바로 영민이다. 영민이는 같은 반이 된 다음 날 아침에 곧장 내 자리로 찾아왔다. 가방도 내려놓지 않고, 밤새 잠을 설친 얼굴을 하고. 최단 시간 기록을 경신했다. 영민이가 불타는 눈빛으로 내 얼굴을 정확히 보려고 애쓰면서 다가오는데 심장이 두근거렸다. 가장 도망가고 싶은 순간이다.

나는 속으로 외쳤다.

'다가오지 마. 다가오지 마. 너는 결코 내 얼굴을 볼 수 없어.'

심지어 교실까지 뛰어왔는지 숨을 몰아쉬고 있었다. 영민이의 심각한 표정을 보고 이 친구는 대충 둘러대는 것으론 안 된다는 걸 알았다.

나는 시간을 따로 잡아 영민이와 만났다. 영민이에게는 숨김없이 다 털어놓았다. 내가 태어난 날의 이야기부터 사람들이 나를 착각해서 데리고 갔던 이야기까지…… 영민이는 아무런 판단 없이 내 말을 주의 깊게 들어주었다. 나는 얘기를 털어놓으면서 생각했다. 영민이 역시 내 이야기만 기억하고 얼굴은 기억 못 하는 다른 애들과 똑같을 거라고.

다음 날 기억에서 삭제된 듯이 나를 모르는 사람처럼 지나칠 거라는 예상과는 달리, 영민이는 정확히 나에게 다가와 친근하게 굴었다. 나는 영민이에게 물었다. 내 얼굴이 인상에 남아 있냐고. 영민이는 당연한 걸 묻는다는 듯이 오히려 나를 이상하게 쳐다보았다.

"너는 지금까지 내가 살면서 만난 사람 중에 가장 매력적인 캐릭터야. 그런데 인상이 남아 있냐니?"

"사람들은 내 얼굴만 못 보는 게 아니라 나라는 존재 자체를 잊어버려. 마치 내가 없는 사람인 것처럼. 스마트폰 안면인식 기능도 내가 하면 오류가 나면서 멈춰버린다니까."

"불명확한 정보값을 견디지 못하는 거지. 사람들의 뇌가 회피하는 거야. 네 얼굴을 정확히 보고 판단하는 게 힘드니까 아예 네가 없는 셈 치는 거지."

"그런데 넌 왜 안 그래?"

"내 뇌는 도전을 즐기니까."

"내 얼굴이 너한테는 도전 거리야? 그것도 관심이니까 기분 나쁘지는 않네."

"목표가 생겼거든. 언젠가 네 얼굴을 그려보고 싶어."

사실 영민이는 내 얼굴에만 관심이 있는 게 아니라 모두의 얼굴에 관심이 많다. 웹툰 작가가 되는 것이 꿈이라 늘 손에 연습장과 연필을 들고 다닌다. 얼굴 캐리커처 그리기가 취미고, 얼굴 관찰이 특기다. 영민이는 내 얼굴이 '영원한 미스터리'라고 말한다. 우리 엄마 아빠가 쓰는 인사법처럼 손으로 내 얼굴을 쓰다듬으며

3D 스캔하면 비슷하게 그릴 수도 있겠지만, 그런 방법이 있다는 것은 알려주지 않았다. 미스터리한 부분이 있어야 나한테 계속 관심을 둘 것 같았기 때문이다.

　영민이는 특수한 경우고, 대다수의 반 아이는 내 얼굴에 관심도 없을뿐더러 나를 특별히 기억하지도 못한다. 보통 나는 언제나 있어도 없는 것 같은, 배경과 같은 그런 존재다. 그러니까 한마디로 있으나 마나 한 존재다. 나는 이런 현재 상태에 만족한다.

4

 내 인생은 누락의 연속이었다. 오늘도 방학 중에 했던 도서관 자원봉사의 출석 체크가 되지 않아서 다시 봉사 시간을 채워야 한다는 연락을 받았다. 반장이 참가자 명단을 적어서 제출했는데 나를 빼먹었나 보다. 친구들은 아무도 내가 있었다는 사실을 기억하지 못했다. 어쩔 수 없이 방과 후에 다시 시간을 채우러 가야 했다.
 늘 있는 일이라 이제는 화도 안 난다. '나는 투명인간이다' 하고 아무 불만 없이 했던 일을 또 하면 된다. 세상에 대해 자포자기했다고 할 수도 있겠지만, 그보다는 득도했다는 표현이 더 마음에 든다. 나는 어떤 면에서는 세상에 대해 득도했다.

 도서관으로 가는 골목길에 우리 학교 교복을 입은 아이들 셋이 담배를 피우고 있었다. 같은 반은 아니지만, 경찰서를 제집처럼 드나드는 아이들이라는 건 익히 알고 있었다. 애들을 꾀어 마약과 스포츠 도박이라는 어둠의 세계로 끌고 간다는 무시무시한 소문도 있었다. 그들이 나를 알 리는 없지만, 나를 누군가로 착각해 불러 세우는 일은 충분히 있을 수 있기에 나는 긴장했다.

나는 '지나가는 사람3'처럼 가능한 한 눈에 안 띄게 조용히 그들을 지나쳤다. 성공했다고 생각하자마자, 등 뒤에서 "정진!" 하고 부르는 소리가 났다. 나도 모르게 뒤를 돌아보았다.

"정진! 맞네, 맞아."

190센티미터쯤 되어 보이는 큰 키에 빡빡 민 머리, 걷어 올린 소매 아래로 고양이 문신을 드러낸 아이가 말했다.

"야, 너 찾기 존나 힘들었어."

깻잎 머리를 한 여자애가 말을 받았다.

"네가 분홍 가방 멘다는 소문 듣고 분홍 가방 멘 아이들 다 잡아서 너인지 확인했잖아."

마지막으로 빨갛게 머리를 염색한 아이가 담배꽁초의 불을 발로 끄면서 말했다.

처음이었다. 모르는 누군가가 내 이름을 부르며 나를 찾아온 것은. 불길한 예감이 들었다. 아무리 생각해도 나를 찾아올 만한 이유가 없었다. 나는 용돈도 많지 않고 공부도 못하고 눈에 띄지도 않는, 하여간에 '삥 뜯을 만한' 사람이 아니었다. 뺏길 것이 없으니 두려워할 이유도 없지만, 이런 상황이 처음이라 겁이 났다. 게다가 내 이름까지 알고서 나를 찾다니. 그렇지만 내가 두려워

한다는 사실을 들키고 싶지 않았다. 나는 불안한 내색을 감추고 최대한 아무렇지 않은 척 심드렁히 대답했다.

"나 찾느라고 전교생 가방 색깔을 다 확인했다고? 전화하면 되잖아?"

그 셋은 잠시 귓속말을 하며 투덕거렸다. 서로의 멍청함을 탓하는 것 같았다. 깻잎 머리가 말했다.

"이런 중대한 얘기를 전화로 할 수는 없잖아."

빨강 머리가 내 얼굴 앞까지 얼굴을 들이댔다. 단추를 풀어 헤친 교복 셔츠 속으로 두꺼운 금목걸이가 반짝거렸다. 빨강 머리는 속삭이듯 말했다.

"너 CCTV에도 흐릿하게 찍힌다며."

그 말을 듣고 소름이 돋았다. 그게 비밀은 아니었지만, 초등학교 때는 관심받기 위해 부풀려서 하는 말 정도로 취급받았다. 그때는 초능력이 있다고 주장하는 아이들도 있었기 때문에 내 얼굴이 흐릿하다는 사실은 크게 주목받지 못했다.

중학생이 되고 나서 자기 존재에 대해 고민하기에도 벅찬 사춘기를 보내느라 다들 타인에 관한 관심이 옅어졌다. 그런 아이들 사이에서 내 얼굴이 흐릿하다는 사실을 밝히지 않은 채 있는 듯 없는 듯 존재감 없이 살 수 있다는 것을 알게 된 이후로는 굳이 그 사실을 떠벌리지 않았다. 떠벌린다 해도, 사람들은 그런 애가 있다는 것만 기억하고 그게 나라는 사실은 잊어버릴 테니까. 내가 옆에 있어도 나를 잊어버릴 테니까.

내 얼굴의 특수함이 오히려 나를 더욱 평범하게 만들어준다고 생각한 적도 있었다. 하지만 평범하다는 건, 기억된다는 것이다. 좋아함을 당하고, 싫어함을 당하고, 미움받을 수 있다는 것이다. 누가 좋아하기는커녕 미움받지도 못하는 나는 자주 잊힌다. 지금 다니는 학교에서 내 얼굴에 대해 알고 있는 건, 같은 반인 영민이와 같은 초등학교 출신의 몇몇 아이들 정도다.

"어떻게 알았어? 근데 그게 너희랑 무슨 상관이지?"

"상관이 있지. 네가 은행을 털어도 아무도 너를 못 잡으니까."

내 표정은 순식간에 굳었다. 하지만 다행히 그 표정이 전달되지는 않았을 것이다. 포커페이스를 유지할 수 있다는 것은 내 흐릿한 얼굴의 몇 안 되는 장점 중 하나다.

빨강 머리가 나지막한 목소리로 천천히 덧붙였다.

"너는 모든 범죄자가 꿈꾸는 그런 재능을 가지고 있어."

그 말에 머리를 세게 한 대 얻어맞은 것 같았다. 태어나서 단 한 번도 그런 생각을 해본 적이 없었다. 모든 범죄자가 꿈꾸는 재능을 가지고 있다니. 나한테 재능이란 게 있었다니.

"재능이 있는데 안 쓰는 건 인생 낭비야. 우리가 네 재능을 꽃피우게 도와줄 수 있어."

어느새 옆으로 다가온 빡빡머리가 속삭이듯 말했다.

"우리가 아는 형님이 너를 데리고 오라고 했어."

머릿속에 태풍이 몰려오고 있었다. 일단 여기를 벗어나서 차분하게 혼자 생각이란 걸 해야 할 것 같았다. 하지만 도망치는 건 좋은 방법이 아니었다. 내 형편없는 달리기 실력으로는 바로 잡힐 것이 뻔했다. 그 순간 나는 머릿속에 막 떠오르는 대로 말했다.

"내 소속사에 연락해봤어?"

"소속사라니? 너 뭐 연습생이야?"

빨강 머리가 물었다.

세 명이 다시 모여서 귓속말로 의견을 주고받았다. 빨강 머리가 다가와 물었다.

"혹시 다른 조직에서 먼저 접촉한 거야? 어디 소속인지 말해줄 수 있어?"

나는 긍정도 부정도 하지 않았다. 대신 수첩을 꺼내서 메일 주소를 적어 빨강 머리에게 건넸다.

"여기로 제안서를 써서 보내면 담당자가 검토해주실 거야. 중요도에 따라 A, B, C 등급으로 나누기 때문에 답장이 가는 데 시간이 조금 걸릴지도 몰라."

"조직이야? 기획사야? 너 매니저 있어?"

"자세한 건 메일로 부탁해. 그리고 지금은 다음 스케줄이 있어서 가봐야 하거든."

나는 인사하듯 손을 흔들고는 도서관 방향으로 걷기 시작했다. 물론 소속사는 없었다. 제안서는커녕 나를 제대로 찾아온 사람조차 없었다. 하지만 그 애들은 예상치 못한 내 대답에 대응법을 찾는 데 다소 시간이 걸릴 것이다. 거짓말인 걸 들키기 전에 빨리 그곳을 빠져나가야 했다. 심장은 요동치고 발걸음은 점점 빨라졌다. 등 뒤에서 외치는 소리가 들렸다.

"우리를 돕지 않으면 네가 힘들어질 텐데!"

"잘 생각해봐! CCTV에 흐릿하게 찍히는 재능 덕분에 네가 맞아 죽어도 아무 도움도 못 받을 거야!"

침착한 뒷모습을 보이려 했지만, 걸어가는 다리가 후들거렸다. 그때 등 뒤에서 달려오는 소리가 났다. 나는 겁에 질려서 무작정 달리기 시작했다. 뒤따라온 사람은 나를 금방 따라잡았고, 나를 지나쳐서 그대로 내달렸다. 빨강 머리 3인방이 아니라 우리 학교 교복을 입은 여학생이었다. 그 애는 긴 머리를 휘날리며 빠르게 멀어져갔다.

뒤돌아보니 셋은 반대쪽으로 돌아 걸어가고 있었다. 나는 전봇대에 몸을 기대고 서서 잠시 심호흡을 하며 흥분을 가라앉혔다. 그들이 한 모든 말이 충격이었지만, 그중에서도 '모든 범죄자가 꿈꾸는 재능'이라는 표현이 나를 압도했다.

평생 재능이라는 단어와는 상관없이 살아와서 그런지, 갑자기 찾아온 재능이라는 단어를 머릿속에서 쉽게 떼어낼 수가 없었다. 두려움이라는 감정은 그다음이었다. 엄마 아빠에게 전화해서 도움을 요청할까 싶었지만 걱정하실 게 뻔했다. 도움을 요청할 선생님도 당장 떠오르지 않았다. 협박의 내용을 밝히고 싶지 않아서 신고하기도 어려울 것 같았다.

고민하는 사이에, 도서관에 가기로 한 시간은 한참 지나버렸다. 나는 정신을 차리고 도서관으로 뛰어갔다.

5

도서관 안내 데스크에 가서 자원봉사를 하러 왔다고 하자 자료실로 가라고 안내받았다. 자료실에는 우리 학교 교복을 입은 여자아이가 먼저 와서 일하고 있었다. 아까 나를 앞질러 달려간 그 애였다.

그 애는 도서관 서가를 정리 중이었다. 키가 작고 이목구비는 크고 동그란 데 반해 눈과 입꼬리가 살짝 올라가 있어서 고양이를 떠올리게 하는 인상이었다. 굳은 표정에는 '말 거는 거 금지'라고 써 붙여놓은 듯 먼저 다가가기 어려운 분위기를 풍겼다. 긴 머리 위로 헤드폰이 씌워져 있었는데 아마 음악은 나오지 않을 것이다. 그게 위장용인 걸 금방 알아볼 수 있었다. '나는 혼자만의 세계가 편하니까 접근하지 마!'라고 간접적으로 말하고 있는.

아웃사이더는 아웃사이더를 금세 알아본다. 그 애와 내가 추구하는 바가 일치할 것 같았다. 서로에게 신경 쓰지 않기.

나는 긴장을 풀고 편한 마음으로 책 정리를 시작했다. 우리는 함께 또 따로 자료실에서 세 시간 동안 책을 정리했다. 나도 그 애도 그동안 말 한마디 건네지 않았다. 도서관이니까 말을 하지 않는 게 맞긴 하지만, 일을 하다 보면 말이 필요할 때도 있기 마련이다. 그때마다 그 애는 필요한 말을 종이에 적어서 내밀었다. 나보다 더 지독한 아웃사이더 같았다. 서로를 신경 쓰지 않으니 편하긴 했다.

집에 갈 시간이 다가오자, 오늘 채운 자원봉사 시간이 또 누락될까 봐 걱정되었다. 출석 확인서에 직접 이름을 적어냈지만, 그래도 안심이 안 되어 집에 갈 준비에 바쁜 그 애에게 조심스레 다가가 말을 건넸다.

"저기, 우리 오늘 같이 일한 거 알지? 내가 오늘 출석한 거 기억해줄래?"

그 애는 고개를 끄덕였다. 돌아서 가려는데 하굣길에 만난 빨강 머리 3인방이 떠올랐다. 다시 또 만날까 봐 겁이 났다.

나는 뒤돌아 물었다.

"혹시 가는 방향이 같으면 같이 가도 될까? 오는 길에 나쁜 애들을 만나서 협박당했는데 또 만날까 봐 그래."

여자아이가 입술을 달싹거렸지만 목소리가 작아서인지 통 들리지 않았다. 나는 조심스럽게 말했다.

"미안하지만 조금만 크게 말해줄 수 있어?"

여자아이는 아무 말 없이 내 눈을 똑바로 바라보았다. 그런데 그 순간, 시간이 멈춘 것 같았다. 기분이 너무나 이상했다. 우리의 눈이 정말로 마주쳤기 때문이다.

난생처음이었다. 엄마 아빠도 매일 내 눈을 바라보며 애기해주지만, 내 눈동자가 있으리라 짐작되는 곳을 볼 뿐 정말로 눈이 마주친 적은 없었다. 그런데 그 순간 분명히 그 애랑 눈이 마주쳤다. 아주 잠시 내 얼굴이 또렷해진 것 같았다. 아니, 내 존재가 또렷하게 드러난 것 같았다.

그런 감각은 난생처음이었다. 그 사실이 당혹스러웠다. 물론 나는 늘 존재해왔지만 누가 나를 똑바로 봐주는 느낌은 달랐다. 다른 사람들은 항상 이런 기분으로 사는 걸까? 밝은 빛이 내게로 떨어져 내 존재가 환히 드러나는 느낌이 설레면서도 불편했다. 벌거벗은 것 같아 어딘가로 숨고 싶었다. 나는 도망치듯 남자 화장실로 달려갔다.

거울에 비친 내 얼굴은 여전히 흐릿했다. 내 눈을 볼 수도 없었다. 그 애는 무엇을 본 걸까? 어떻게 본 걸까? 나는 왜 그런 이상한 기분을 느낀 걸까? 그 애는 아무렇지 않은데 나 혼자 특별한 감정이 든 걸까? 이 느낌은 혼자만의 착각이라고 속으로 외쳐보았지만, 사실이길 바라는 마음이 더 크게 솟구쳤다. 다시 확인해보고 싶어서 도서관 로비로 급히 나갔지만 그 애는 가버리고 없었다. 등장도 퇴장도 너무나 빨랐다.

도서관에서 버스 정류장으로 이어지는 골목길은 인적이 없었다. 무서우니까 같이 가달라는 건 핑계가 아니었다. 빨강머리 3인방이 정말로 무서웠다. 내가 누군가에게 필요한 존재라는 사실이 이렇게 두려운 일인 줄 몰랐다. 다행히 그들은 없었지만, 아까 들었던 '모든 범죄자가 꿈꾸는 재능을 갖고 있다'라는 말이 골목에서 나를 기다리고 있던 것처럼 내 귀에 착 붙어서 나를 계속 따라왔다. 나는 집으로 가려다가 방향을 바꿔 부모님이 일하는 가게로 갔다.

6

 부모님은 내가 태어날 무렵 식당을 오픈했는데, 망하고 다시 열기를 반복해서 파는 음식의 종류를 네 번 바꿨다. 3년 전부터는 수제 버거집을 운영 중으로 아직은 안 망하고 있다.

 지금 가게 이름은 내 태명인 '99% 로딩 중'이다. 음식이 엄청나게 늦게 나와서 손님들의 불만이 끊이지 않았는데, 가게 이름을 바꾸고 주방 문 위에 크게 '99% 로딩 중'인 사진을 붙인 후로는 다들 별 불만 없이 기다리게 되었다고 한다. 공공연한 비밀이지만, 우리 가게보다 길 건너 수제 버거집에서 파는 버거가 훨씬 맛있다. 그 집은 늘 대기 줄이 길다. 그러니까 우리 가게에 그나마 손님이 있는 날은 그 집에 대기 줄이 엄청나게 긴 날이다. 그래서 우리는 늘 그 버거집이 잘되기를 기도한다.

 가게에 도착했을 때 영업시간은 이미 끝났지만, 엄마는 주방에서 라디오를 들으며 내일 쓸 식재료를 손질하고 있었다. 나는 부엇칼로 채소를 다지는 엄마의 뒷모습을 물끄러미 바라보았다. 라디오에서 흘러나오는 음악에 맞춘 리드미컬한 칼질 소리가 악기처럼 어울려 듣기 좋았다.

"우리 아들, 오늘은 좀 늦었네? 조금만 기다려줄래? 요것만 다 듬으면 끝나거든?"

엄마는 뒤도 안 돌아보고 내 기척을 알아채고서 다정하게 말을 건넸다. 엄마 아빠는 나를 다른 사람으로 헷갈리지 않고 내 존재를 인식할 수 있는 사람들이다. 컴컴한 어둠 속에서도 나를 알아볼 수 있을 것이다. 엄마가 나를 구별하는 방법을 다른 사람에게도 알려줄 수 있으면 얼마나 좋을까. 하지만 그 비결을 물어봤을 때 엄마는 "그냥 안다"라고만 대답했다.

나는 양파를 썰고 있는 엄마 옆에 섰다.

"출석 체크가 안 돼서 도서관에서 자원봉사 또 하고 왔어."

"너 도서관 좋아하잖아. 잘됐네."

"그리고 이상한 여자애랑 같이 일했어."

"이상한 여자애? 네가 그렇게 말하는 건 처음 듣는데 반했니?"

"아니, 진짜 이상한 애야."

"사람은 다 이상하지. 그럼 내일도 도서관에 가니?"

"응. 5일 더 나오래."

"잘됐네. 그 애도?"

"모르지. 상관없어. 나한테 말 한마디 안 해."

"서운했겠네."

"서운한 것도 실망한 것도 아닌데, 아무튼 이상해."

눈빛이 마주친 것 같은 이상한 순간에 관해선 얘기하지 않았다. 평소라면 아무런 비밀 없이 시시콜콜 다 얘기했겠지만, 그 순간에 관한 얘기는 누구에게도 말하고 싶지 않았다. 아무래도 내 착각이었을 가능성이 크다.

"그리고 오늘, 재능이 있는데 안 쓰는 건 인생 낭비라는 말을 처음 들었어. 그 말이 계속 생각나."

"재능이 있으면 잘 쓰면 좋지."

"나한테도 재능이 있을까?"

"많지."

"뭐가 있어? 난 잘 모르겠는데."

"엄마 아빠의 사랑을 잘 받는 재능? 이것저것 안 가리고 잘 먹는 재능? 잠도 잘 자고?"

"아니, 그런 거 말고."

"그런 거 말고? 음…… 많은데 생각이 안 나네."

"솔직히 없잖아. 나는 재능이라곤 없잖아. 공부도 못하고, 운동도 못하고, 춤도 못 추고, 그림도 못 그려. 노래도 못하네……"

"아니야, 많아. 많은데, 갑자기 물어보니까 생각이 안 나."

"굳이 찾아보자면…… 눈에 띄지 않는 재능이 있잖아? 그걸 오늘 알게 됐어. 내가 그걸 잘 써서 좋은 대학에 가면 재능을 잘 발휘한 거 맞지?"

엄마가 칼질을 멈추고 말했다.

"그게 무슨 말이지? 네가 재능을 잘 써서 좋은 대학에 간다니? 9등급 특별 전형이 있다면 가능하겠지만. 설마 수능 시험지 보관소에 몰래 들어가서 시험지라도 훔친다는 뜻일까?"

"아니, 그런 건 아니고…… 내가 은행을 털 수도 있는데…… 아니, 그게 아니라…… 재능이 있는데 안 쓰는 건 인생 낭비라는 말을 듣고 나니까, 갑자기 이제까지 인생을 낭비한 것 같아서."

엄마가 칼을 도마에 탁 하고 내리치며 말했다.

"진아. 엄마가 식당 운영이 16년째라 칼질은 꽤 잘하는데, 그 재능을 양파한테만 쓰잖니? 재능이 있는데 안 쓰면 아깝지, 물론. 하지만 세상엔 지켜야 할 선이라는 게 있어. 함께 잘 살기 위해서 오랜 세월에 걸쳐 만들어진 법과 질서라는 게 있어. 네가 재능이 있다고 해서 그걸 함부로 써도 될까, 안 될까? 네가 하는 행동이 다른 사람들에게 어떤 영향을 끼치게 되는지 지금은 잘 모를 수 있어. 그걸 배우기 위해 학교가 있는 거야. 해도 될 일과 하면 안 되는 일을 구분하는 걸 배우는 동안은 인생에 낭비란 없어."

"알았어, 알았어. 그냥 해본 말이야. 나 먼저 집에 갈게요."

나는 뒷걸음치듯 주방을 빠져나왔다. 홀 담당 직원이 다가와 말했다.

"죄송하지만 저희 영업이 끝났습니다."

그 직원은 여기서 일한 지 반년이 넘었지만 여전히 나를 못 알아본다. 내가 사장 아들이라고 대답한 것만도 열 번이 넘을 것이다. 그렇지만 나는 득도했기 때문에 화를 내지 않고, 손님처럼 그럼 내일 다시 오겠다고 말하고 가게 문을 나섰다.

 갑자기 피곤이 몰려왔다. 그저 평범하게 사는 데 내 모든 에너지를 다 쓰는 기분이었다. 마치 밑 빠진 독에 물 붓는 것처럼. 세상이 나한테 너무 불공평하다는 생각이 밑도 끝도 없이 밀려왔다. 나는 가게에서 나와 집까지 혼자 걸어가기 시작했다.

7

 다음 날 나는 형광 핑크 가방 대신에 아빠의 검은색 가방을 메고 마스크를 쓴 채 학교에 갔다. 그래서인지 빨강 머리 3인방은 나를 찾아오지 않았다. 제안서 메일도 오지 않았다. 메일이 온다 해도 열어보지 않았을 테지만, 막상 메일이 안 오니까 조금 서운했다. 혹시 몰라서 기획사와 섭외 담당자 이름까지 생각해두었는데.
 방과 후에는 도서관에 가서 자원봉사를 했다. 전날의 이상한 여자아이는 오지 않았다. 조금 서운했다. 그 애한테 관심이 있는 건 아니지만 확인하고 싶은 게 있었다. 다시 한번 눈을 마주치고 싶었다.
 도서관에서 자원봉사를 마치고 돌아가는데 빨강 머리 3인방이 도서관 앞 골목길에서 서성이고 있었다. 나는 검은색 가방을 다시 확인하고 마스크를 단단히 썼다. 그리고 도서관에서 사람이 나오길 기다렸다가 그 뒤에 일행인 척 바싹 붙은 채로 걸어서 그 셋을 지나쳤다. 다행히 검은 가방을 멘 나를 알아보지 못했다.

버스 정류장까지 무사히 도착한 후에야 안도할 수 있었다. 그러나 안도감은 곧 자괴감으로 바뀌었다. 평생 이렇게 도망 다니며 마음을 졸이면서 살 수는 없었다. 하지만 방법이 없었다. 학교폭력으로 신고할 수는 없다. 만약에 신고한다면 신고서에 뭐라고 써야 할까? 그들이 내 재능을 탐낸다고 쓰면 그게 무슨 재능인지 밝혀야 할 테고, 그 사실이 알려지는 과정은 생각만 해도 난처하다. 그리고 보복도 두려웠다. 있는 듯 없는 듯 살던 내가 어쩌다가 그들에게 쓸모 있는 존재가 되었을까? 평화롭던 무쓸모의 시절이 그리웠다.

나는 버스를 그냥 보내고 정처 없이 걷기 시작했다. 걷다가 문득, 그들이 말한 재능이 진짜로 있는지 확인해봐야겠다는 생각이 들었다. 만약에 나한테 그들이 원하는 '재능'이 없다는 걸 입증하게 되면 예전처럼 평화롭게 살 수 있지 않을까. 계속 도망치며 살 바에는 차라리 은행을 털어서라도 도둑이 되는 게 안전했다. 나한텐 그 방법뿐이었다.

주위를 둘러보니 바로 앞에 은행이 있었다. 문을 열고 들어갔다. ATM기기 앞에 서서 생각해보니 나한테는 ATM기기를 털 만한 장비나 기술이 없었다. 그때 길 건너편에 편의점이 보였다. 나는 편의점으로 들어갔다.

편의점 카운터에 있는 직원은 문소리에 쓱 쳐다보고는 고개도 들지 않고 스마트폰 게임에 몰두했다. 천장을 둘러보니 CCTV가

네 대나 있었다. 과연 내게 모든 범죄자가 꿈꾸는 재능이라는 게 정말로 있는지 시험해볼 시간이었다.

나는 게임을 하는 직원 앞을 왔다 갔다 하면서 내 존재를 다시 한번 인식시켰다. 그런 다음 매대로 가서 와인 한 병을 조심스럽게 교복 재킷 속에 감췄다. 카운터 직원은 여전히 머리를 숙이고 게임을 하고 있었다. 마치 매장에 아무도 없는 것처럼.

나를 대하는 사람들의 반응이 보통 그렇다. 나를 인식은 하지만 주의를 기울이지는 않는다. 뇌가 자동적으로 나에 대한 주의를 끊어버리는 것처럼. 나는 계산하지 않고 편의점을 나왔다. 걸음 걸음마다 심장이 들끓는 것 같았다. 내 심장 소리가 이렇게 큰데 아무것도 못 듣는 직원이 이상했다. 숨이 막히고 머리에 열이 올라 폭발할 것만 같았다.

편의점을 나오자마자 뒷골목으로 들어갔다. 교복 재킷 안쪽에 몰래 숨겨서 나온 와인을 꺼내 보았다. 와인을 훔친 이유는 CCTV에서 가장 잘 보이는 자리에 있었기 때문이다. 술은 마신 적도 없고 마시고 싶은 생각도 없었다. 이건 도둑질이 아니라고, 내 재능을 확인하기 위한 실험일 뿐이라고 되뇌었지만 심장은 계속해서 뛰고 있었고 구역질까지 치밀어 올랐다. 이 나쁜 기분을 더 나쁜 기분으로 덮어버리고 싶었다.

나는 와인을 가방 속에 집어넣었다. 그런 다음 천원생활용품점에 들어갔다. 립밤에 붙어 있는 바코드를 몰래 떼고 바지 주머니 속에 넣어서 나왔다. 이번에도 나한테 관심을 두는 사람은 없었

로딩 중

다. 그러는 동안 아무 일도 일어나지 않았다. 미친 듯이 뛰던 심장이 서서히 가라앉으면서 대신 뜨거운 울음 같은 것이 몸 안에서 출렁이는 것 같았다. 그 에너지가 용광로처럼 내 안에 있는 것들을 다 뒤섞고 있었다.

투명인간이 된 것 같았다. 도둑놈이라고 혼을 내도 좋으니 누가 나를 발견해주길 바랐다. 내 안의 울음이 몸 밖으로 흘러나와 세상을 전부 녹여버렸으면 싶었다. 편의점 야외 의자에 앉아 한참 동안 울었다. 그런 다음 다시 편의점으로 들어갔다. 직원은 창고 앞에서 혼나고 있었다. 나는 와인을 원래 있던 자리에 돌려놓고 나왔다. 천원생활용품점에 들러서 립밤도 되돌려놓았다. 훔칠 때보다 심장이 더 크게 뛰었다.

내가 여기에 있다는 것을 오늘만큼은 알아주길 바랐다. 그렇지 않으면 영영 사라져버릴 것만 같았으니까. 집에 가면 엄마 아빠가 나를 '정진'으로, 세상에서 유일한 단 한 사람으로 봐주겠지만 오늘은 그걸로는 부족했다. 내 세계가 그것보다는 조금 더 넓었으면 했다.

나는 계속 정처 없이 거리를 걸었다. 걷다가 네컷사진 사진관이 보여서 안으로 들어갔다. 네컷사진관의 촬영 기계 안에는 먼저 온 사람이 사진을 찍고 있었다. 나는 안쪽에서 머리띠를 고르면서 기다렸다.

어느새 안에 있던 사람이 나갔는지 기계가 비어 있었다. 들어가서 포즈를 취했다. 엄청나게 웃긴 표정을 지으며. 잠시 후 사진이 프린트되어 나왔는데 역시나 네 컷 다 모자이크 처리한 것처럼 흐릿한 얼굴이었다. 예상은 했지만 너무 웃겨서 크크큭 하고 웃어버렸다. 어쩌면 스스로에게 하는 자학 개그인지도 모르겠다.

네컷사진을 찍고 실컷 웃고 나니 기분이 꽤 괜찮아졌다. 사진을 가방에 넣으려는데, 내 사진 뒤에 겹쳐 있던 사진이 떨어져 나왔다. 먼저 온 사람의 사진이 안쪽에 걸려 있다가 같이 나온 것 같았다. 사진의 주인공은 내가 아는 얼굴이었다. 도서관에서 만난 그 여자아이.

멀리 가지는 않았을 것 같아서 바로 뛰어나갔지만, 이번에도 그 애는 사라지고 없었다. 사진을 찾으러 다시 올지도 모르니까 그 자리에 두고 올까 하다가, 내 가방 속 생존 비법 노트 사이에 끼워 넣었다. 같은 학교에 다니니 언젠가는 마주칠 것 같았다. 그때 돌려주면 되겠지.

다음 날 학교에서 영민이를 만나 그 애의 네컷사진을 보여주었다. 영민이의 두뇌 속에는 전교생 얼굴의 데이터베이스가 있기 때문이다. 역시나 영민이는 사진을 보자마자 바로 알아보았다.

"아, 이 누나. 알지, 소유리."

영민이는 크로키 노트를 펴서 그 애의 얼굴 그림을 찾아 보여주었다. 언제 그렸는지 모르겠지만 고양이를 닮은 특징이 잘 나타나 있었다. 정말 재능이란 단어는 이럴 때 쓰는 것이다.

"누나야?"

"나이는 두 살 많지만 3학년이야."

"어째서?"

"출석일수가 모자란다고 했던가? 외국에서 살다 왔다고 했던가? 하여간에 매일 지각하는 것으로 유명해. 중학교 때까지 육상했는데 도 대회에도 나갔을 거야. 그 실력으로 학교까지 전속력으로 달려오는데도 맨날 지각한대."

"어쩐지 잘 달리더라."

"좀 특이한 누나라고 들은 것 같아. 늘 혼자 있고 말을 거의 안 한대. 그런데 이 사진은 어디서 났어?"

"주웠어."

영민이는 그렇게 말하는 내 표정이 궁금하다는 듯이 나를 뚫어지게 쳐다보았다. 하지만 내 얼굴엔 아무런 정보도 없을 것이다. 나는 다음 질문을 막으려고 서둘러 물었다.

"너는 이 그림 언제 그렸어?"

"이 누나는 혼자 멍하게 창밖을 보고 있을 때가 많거든. 아마 운동장에서 보고 그린 것 같아."

그 말을 듣고 보니 과연 그림 속 표정이 멍해 보였다.

영민이가 말했다.

"사진 돌려줄 거지? 같이 가줄까? 3반일걸, 아마."

"아니, 도서관에서 자원봉사를 같이하거든. 오늘 도서관에 가면 어차피 만날 거야."

나는 사진을 다시 생존 비법 노트 사이에 끼워 넣었다.

그날도 도서관에 유리 누나가 오지 않자, 가슴속에 커다란 구멍이 생긴 것 같았다. 유리 누나는 그날도 그다음 날도 도서관에 오지 않았다. 누나의 기억 속에서 내 존재는 이미 잊힌 게 틀림없었다. 늘 그랬듯이.

나는 기대를 내려놓았다. 우리의 눈이 마주친 순간은 아무래도 내 착각임이 틀림없었다. 없던 내 얼굴이 갑자기 생길 리는 없으니까. 그러니 확인할 것도, 딱히 다시 만나야 할 이유도 없다. 하지만 나는 점심시간마다 운동장에서 3학년 3반 창문을 쳐다보고 또 쳐다보았다.

2장 싱크아웃 걸

1

 나는 학원도 독서실도 다니지 않기 때문에 방과 후에는 주로 집에서 게임을 하거나 SNS를 했다. 처음 온라인으로 친구를 사귀었을 때 새로운 세계가 열린 것 같았다.
 그곳에서는 얼굴이 없어도 괜찮았다. 온라인에서 내 얼굴에 해당하는 프로필 아이디를 사람들이 기억한다는 사실이 마냥 신기하기만 했다. 나는 사람들의 관심을 끌려고 웃긴 이야기와 이미지를 계속해서 올렸다. 내 계정에 올릴 내용을 하루 종일 최선을 다해 고민했다. 팔로워가 많아졌고 모르는 사람들과 DM을 주고받는 일에도 익숙해졌다. 꽤 친해진 사람들도 있었다. 다만 오프라인에서 만나자고 하면 이런저런 핑계를 대면서 멀리했다. 나는 거짓말한 적은 없었다. 내 얼굴에 대해서 말하지 않았을 뿐이다. 하지만 속이고 있다는 기분이 들어 늘 마음 한구석에 찝찝함이 남아 있었다.

그런데도 오프라인에서 만나 대화를 나누고 싶은 친구가 한 명 있었다. 'nowhereis'라는 아이디를 쓰는 동갑내기 친구였다. 양자역학을 연구하는 물리학자가 되는 게 꿈이라고 했다. 유튜브로 이상한 음모론 같은 걸 자주 보는 것 같아 걱정되기도 했는데, 그 친구는 그걸 사실로 믿었고 과학적으로 증명하고 싶어 했다. 예를 들면 우리가 사는 우주가 시뮬레이션에 불과해서 블랙홀의 사건의 지평선에 2차원 데이터 형태로 모든 것이 기록되어 있다거나 양자얽힘을 이용해 순간 이동이 가능하다는 것, 공간은 사실 시간이라는 것, 시간은 흐르지 않는다는 것 등등.

그 친구가 떠들어대는 이야기는 대부분 황당무계했지만, 그럴싸해 보이는 이야기도 있었다. nowhereis는 우리가 세상을 보는 게 아니라, 우리가 보기 때문에 세상이 존재한다고 했다. 그 이야기가 내 마음에 쏙 들어온 이유는, 나도 가끔 그런 생각을 했기 때문이다.

내 얼굴을 인식하지 못하는 사람들이나 내 얼굴에 다른 사람의 얼굴을 대입해 보는 사람들을 수없이 겪으면서, 사람들이 있는 그대로를 보는 것이 아니라 보고 싶은 것만 본다고 느꼈다. 매일 학교와 집을 눈을 뜬 채로 오가지만, 내가 무엇을 봤는지 떠올려 보면 정작 기억에 남는 거라곤 거의 없었다.

영민이랑 길을 걷다 보면 내가 보지 못한 것을 영민이는 보곤 했다. 관심이 많으면 그만큼 세상에 많은 것이 존재했다. 관심이 없으면 있는 것도 없는 것이 된다. 그러니 사람은 보고 싶은 것만 보는 게 맞고, 지금 내 눈앞에는 내가 볼 수 있다고 믿고 있는 것들만 있다. 우리가 세상을 보는 게 아니라 우리가 보기 때문에 세상이 존재한다. 그게 사실인지 아닌지는 중요하지 않다. 어쨌든 그 친구 덕분에 내가 '본다'는 것의 의미를 진지하게 생각해보게 되었다는 사실이 중요하다.

nowhereis는 고1 때까지 SNS를 열심히 하다가 학업 때문에 중단한다면서 대학에 가면 만나자고 했다. 그 말을 처음 들었을 땐 이해가 잘되지 않았다. 대학에 가면 만나자니, 그럼 고2인 나와 고3인 나를 영영 못 만나는데. 우리가 그사이에 완전히 달라질 수도 있는데. 무엇보다 나는 대학에 가지 않을 건데.

나는 대답하지 않았고, 그 친구는 내 대답과는 상관없이 어느 날 갑자기 사라졌다. 그러고 나니 온라인에서 맺는 인간관계가 허망하게 느껴졌다. 그 애에 대해 잘 알고 있다고 생각했는데 막상 아는 게 하나도 없었다. 이름도 집도 얼굴도 학교도 몰랐다. 하긴, 그 애도 나를 모르긴 마찬가지다. 그 일을 계기로 SNS 계정을 모조리 탈퇴했다. 대신 방과 후에 도서관에 가기 시작했다.

집에서 혼자 게임을 하기보다는 도서관에서 책을 정리하는 일이 더 좋았다. 자원봉사 시간을 다 채운 터라 도서관에 나가야 할 이유는 없었지만, 시키는 사람이 없어도 계속해서 책을 정리했다. 그러거나 말거나 아무도 나한테 관심을 두지 않기에 나는 도서관이 좋았다.

도서관에 가면서 와인을 훔쳤던 편의점에 종종 들렀다. 훔친

물건을 되돌려놓긴 했지만, 편의점을 지날 때마다 심장이 조여드는 것 같은 통증이 느껴졌다. 죄책감인지 두려움인지 모를 통증을 느끼는 동안에는 내 존재감이 뚜렷해지는 것 같아서 그 고통을 느끼고 또 견디기 위해 계속 갔다. 언제 이 고통이 사라질지는 알 수 없었다.

편의점 출입구 옆에는 CCTV 캡처 화면이 붙어 있었다. 화면 속 와인 절도범의 얼굴은 흐릿했지만, 명백히 나였다. 사진 아래엔 도난 사건이 반복되면 학교에 알리고 경찰에 고발하겠다는 경고 문구도 적혀 있었다. 그 아래에 "재능 확인차 잠시 빌렸을 뿐"이라고 댓글을 달고 싶은 충동이 솟구쳤지만, 그저 변명에 불과하다는 걸 잘 알았다. 돌려놓았다고 해서 절도라는 행위가 없어지진 않으니까. 나는 죄책감이라는 그에 합당한 벌을 받고 있는 셈이다. 나는 경고문을 열심히 보면서 컵라면을 흡입했다.

마음이 혼란스러울 때, 도서관에서 책을 정리하는 일은 확실히 도움이 된다. 분류 기호를 따라 제자리를 찾아서 책을 착착착 꽂으며 몸을 바쁘게 움직이다 보면, 마음이 점점 차분하게 가라앉는다. 도서관에 취직하면 어떨까 하는 생각도 잠시 해보았다.

물론 나는 책을 1년에 한 권도 안 읽는다. 그렇지만 책은 좋아한다. 손에 딱 잡히는 책의 물적 특성을 좋아하고 책에서 풍기는 냄새도 좋아한다. 책을 읽기보다 책 냄새 맡기를 더 사랑하는 도서관 직원이 한 명쯤은 있어도 되지 않을까? 어차피 직원이라고 해서 도서관에 꽂혀 있는 책을 다 읽을 수는 없을 테니까. 혹시 나를 직원으로 뽑아준다면, 도서관에 있는 모든 책을 다 읽을 자신이 있다. 본문 말고 제목만. 도서관만큼 서로에게 무관심한 공간도 없을 것이다. 그러니 사람들 눈에 잘 띄지 않는 내가 서가의 풍경을 방해하지 않으면서 책을 다룬다면 꽤 어울리는 일이 아닐까?

그러려면 대학도 가고 사서 자격증도 따야겠지. 도서관 직원이 되기 위한 과정을 생각하니 또다시 막막해졌다. 내 흐릿한 증명사진으로 수능 원서를 접수할 수 있을까? 대학 입시 면접을 통과할 수 있을까? 생각만 해도 두렵고 가슴이 답답해졌다. 역시 산속에 들어가 자유인으로 혼자 사는 것이 내 최상의 미래 시나리오다.

문득 이렇게 얼굴이 흐릿한 채로 평생 로딩 중이면 어쩌나 걱정이 밀려들었다. 부모님은 언젠가 내 얼굴 데이터가 100퍼센트 다 도착할 거라고 믿고 있는데 그게 아니라면? 죽을 때까지 영원히 미완성인 채로 살아야 한다면? 과연 내가 세상에서 할 수 있는 일이 있을까? 사회의 당당한 일원으로 자립해 살 수 있을까? 생각은 계속 꼬리를 물어서, 불안하고 막막하고 답답한 마음이 점점 증폭되었다.

그때 대답처럼 목소리가 들렸다. 여자 음성이었다.

너를 봤어.

누가 떠드나 싶어서 둘러봤지만, 자료실에는 나 외엔 아무도 없었다. 도서관 직원도 자리에 없었다. 책이 한 말인가? 오디오북이 섞여 있나? 둘러보는데 다시 목소리가 들렸다.

그때 나는 늦지 않았어.

자료실에는 아무도 없었다. 창문 밖을 내다보는데 아무도 없었다. 아무래도 배가 고파서 환청이 들리나 보다.

나는 자리로 돌아와서 다시 책 정리를 시작했다. 자리를 비웠던 도서관 직원도 돌아왔다. 정리를 계속하다 보니 다시 마음이 차분해졌다. 지금까지도 얼굴이 흐릿한 채로 그럭저럭 살아왔으니, 앞으로도 똑같이 그럭저럭 살면 된다는 막연한 대책 같은 게 생겼다. 책들도 다 비슷비슷하게 생겼지만 겉모습이 중요한 건 아니잖아? 얼굴이 희미하다고 해서 내 존재가 희미한 것은 아니고.

얼굴은 물론 중요하다. 매력적인 얼굴을 가꾸기 위해 사람들이 시간을 들이고 돈을 쓴다는 것을 알고 있다. 때로는 얼굴 자체가 정체성을 나타낸다는 것도 알고 있다. 하지만 얼굴이 흐릿하다는 게 내 존재 자체를 집어삼킬 만큼 치명적이라고 인정하고 싶진 않았다. 그것 말고도 나를 나로 존재하게 하는 요소가 많을 것이다. 그러니 얼굴이 흐릿해도 충분히 잘 살아갈 수 있을 것이다. 스마트폰의 안면인식 기능은 평생 못 쓰겠지만. 포토 카드를 판매하는 아이돌이 되지는 못하겠지만. 그것 말고는 다 할 수 있지 않을까. 온라인에서 얼굴을 드러내지 않고도 사람들에게 깊은 인상을 남길 수 있다는 것을 이미 경험해봐서 그런지, 대책 없는 자신감이 생기는 것도 같았다.

그때 또다시 목소리가 들렸다.

내가 늦은 게 아니야. 세상이 너무 일찍 도착한 거야.

도서관 직원이 고개를 들고 기계적으로 말했다.

"자료실 내에서는 대화나 통화를 자제해주세요."

자료실에는 직원과 나밖에 없다는 사실을 모르는 것 같았다. 위를 올려다보니 안내 방송 스피커가 보였다. 어쩌면 방송실 스피커가 실수로 켜졌는지도 모른다. 정체 모를 목소리에 신경 끄고 책이나 계속 정리하려는데 갑자기 눈물이 났다. '세상이 너무 일찍 도착한 거'라니. 누구한테 하는 말인지 상관없이 그냥 그 말에 눈물이 났다.

맞아. 맞아. 나도 그래. 내 얼굴이 늦게 도착하는 게 아니라 세상이 너무 일찍 온 건지도 몰라. 눈물이 나는데 왜 나는지 알 수가 없었다. 지금 기분이 슬픈 건지 화가 난 건지, 내 감정 상태를 헤아릴 길이 없었다.

나는 제일 구석에 있는 책장 사이로 들어가 혼자 울었다. 수많은 책이 내 울음소리를 흡수해 들키지 않게 도와주는 것 같았다. 나는 얼른 소매로 눈물을 닦고 차분해진 마음으로 책장 사이에서 나왔다.

2

 그다음 날도 평소처럼 도서관에 갔는데 누가 먼저 와서 책 정리를 하고 있었다. 헤드폰을 쓰고 있는 유리 누나였다. 심장이 조금 두근거렸다. 혹시 다시 만나길 기대했나? 잘 모르겠다.

 나는 가장 먼 책장부터 정리하기 시작했다. 그러면서 유리 누나와 점점 가까워졌는데, 책장을 사이에 두고 마주 보는 자리에까지 이르렀다. 누나는 아주 작은 목소리로 혼잣말하며 책을 정리하고 있었다. 우리 사이엔 책장 하나뿐이어서 그 말을 다 듣게 되었다. 일부러 엿들은 건 아니다.

 "『변신』을 쓰신 카프카 님. 혹시 세스코라고 들어보셨나요. 모르고 돌아가셨으니 다행이에요. 그런 회사가 있답니다."

 "조지 오웰 님. 당신이 쓴 『1984』는 소설이 아니에요. 현실이에요. 혹시 타임머신 타고 왔다 가신 건 아니겠죠."

 "『잃어버린 시간을 찾아서』를 쓰신 프루스트 님. 왜 이리 빨리 태어났어요? 100년만 늦게 태어났으면 인플루언서가 되었을 텐데. 디저트 가게를 오픈했으면 대박이었을 거예요. 100년 뒤 한국에서 마들렌은 인기가 많답니다."

나는 책을 전혀 읽지 않아서 그 말을 이해할 수 없었지만, 유리 누나가 생각보다 훨씬 이상한 사람이라는 건 알 수 있었다. 그래서 조용히 지나가려는데, 책등 위 틈새로 누나와 눈이 마주쳐버렸다.

다시 한번, 시간이 멈췄다. 영원과도 같은 한순간. 이번에는 확실히 알 수 있었다. 그 눈은 정확히 내 눈을 보고 있었다. 내 흐릿한 얼굴을 뚫고. 아주 잠깐 내 얼굴이 100퍼센트 로딩된 것처럼 또렷하게 존재했다. 지난번 느낌이 착각이 아니었다. 그 순간 누나는 책을 떨어뜨리고 자료실 밖으로 달려 나갔다. 혼잣말하는 게 부끄러운 일은 아닌데. 나는 유리 누나가 떨어뜨린 책을 대신 정리하기 시작했다. 한참 뒤에 누나가 와서 책을 정리했다.

나는 다가가서 속삭였다.

"놀라게 했다면 미안. 혼잣말하는 거 하나도 못 들었고, 들어도 뭔 소리인지 몰라. 책을 전혀 안 읽거든."

누나가 고개를 끄덕이더니 다시 말없이 책을 정리했다. 이대로 헤어지면 두 번 다시 이야기를 나눌 기회가 없을 것 같아서 나는 또다시 말을 걸었다.

"나 기억하지? 지난번에 자원봉사 같이했는데."

누나가 고개를 끄덕였다.

"집 어디야? 같은 방향이면 이따가 같이 갈래?"

나는 조심스럽게 물었다.

"아니."

누나가 대답했다.

"처음부터 그렇게 크게 말해주면 좋았잖아."

"내 말이 들리니?"

"응."

누나는 내 대답을 듣고 골똘히 생각에 빠졌다. 내가 혹시 무슨 실수라도 했나 싶어서 걱정되었다.

누나가 말했다.

"얼굴 펴. 너 때문에 그런 거 아니야. 잠시 혼자 생각할 게 있어서 그래. 이따가 끝나고 가면서 얘기하자."

나는 가방을 챙기고 먼저 로비로 나와 누나를 기다렸다. 그러면서 얼굴을 펴라는 누나의 말을 곱씹었다. 내 표정을 읽었다는 확신이 들었다. 나는 누나가 나오자마자 물었다.

"아까 나랑 눈 마주친 거 맞지? 내 얼굴 볼 수 있지? 내가 무슨 말 하는지 알고 있지?"

유리 누나는 대답 대신에 가방에서 접힌 종이를 꺼내 건넸다. 펼쳐보니 편의점에 붙어 있던 경고문이었다. 내가 물건 훔치는 장면이 찍힌 CCTV 캡처 화면 경고문. 부끄러워서 얼굴이 화끈거렸다. 나는 모른 척 대답했다.

"이게 뭐야?"

"내가 몰래 떼 왔어."

누나가 대답했다.

"우리 학교 학생인가 봐."

누나가 내 눈을 빤히 쳐다보았다. 눈이 서로 마주친다는 건 이런 의미일까. 그 눈을 속일 수 없다는 걸 깨달았다. 나는 체념한 말투로 말했다.

"그거 안 떼 와도 돼. 사람들이 나 못 알아보거든."

"내가 알아봤잖아."

"내 얼굴이 보여? 정말로?"

유리 누나는 고개를 끄덕였다. 그런 다음 궁금하다는 듯이 물었다.

"왜 그랬어? 정말 필요한데 돈이 없었던 거야?"

"아니, 그냥 그런 거야. 이유는 없어."

"이유 없이 그냥 하는 건 없어."

갑자기 화가 났다. 이유가 있지만 말할 수 없다는 사실에 화가 났고, 그렇게 할 수밖에 없었던 내 마음을 아무에게도 이해받지 못한다는 사실에 화가 났다. 눈에 눈물이 고였다. 화난 마음이 분한 마음이 되었다가 금세 부끄러운 마음으로 변했다가 슬픈 마음이 되었다. 분하고 부끄럽고 화가 나고 슬펐다. 이 감정의 흐름이 무엇 때문인지는 모르겠지만.

내 눈물을 본 누나가 가방에서 두루마리 휴지를 꺼내 건네주었다. 두루마리 휴지를 통째로 가방에 넣고 다니는 사람은 처음 봤다.

"이유가 있었겠지. 그럴 만하니까 그랬겠지. 그 이유를 다른 사람한테 설명할 필요는 없지만, 적어도 너 자신한테는 설명할 수 있어야 해. 그렇지 않으면 너는 같은 행동을 평생 반복하게 될 거야."

물에 녹는 화장실용 휴지라 눈물을 닦는데 휴지가 다 녹아내렸다. 휴지가 얼굴에 엉겨들었다. 휴지처럼 이대로 나도 녹아 사라져버리고 싶었다. 내가 우는 동안, 유리 누나는 말없이 옆에 서 있었다. 눈물을 털어내고, 얼굴에 붙은 휴지도 털어내고, 녹아서 지저분해진 휴지들을 깨끗이 모아 버린 다음에 우리는 말없이 걷기 시작했다.

한참을 걷다 보니, 창피하고 분한 마음도 화나고 슬픈 마음도 눈물이 다 마른 것처럼 사라졌다. 몸속 수분이 다 빠져나간 것처럼 아주 가벼워졌다. 짧게 경련이 일어났다가 사라졌다. 어느새 부모님 가게 앞까지 왔다. 나는 여기가 목적지라는 듯이 손가락으로 출입문을 가리켰다.

유리 누나가 간판을 올려다보며 말했다.

"나 여기 와본 적 있어."

"버거 좋아해?"

"아니, 버거집 말고. 이 자리에 카페가 있었거든. 아빠랑 매일 왔었어. 지금은 내부가 싹 다 바뀌었네."

"버거 가게로 바뀐 뒤로는 와본 적 없는 거지? 그러면 여기서 같이 버거 먹을래? 내일? 토요일이니까?"

"뭐야? 데이트 신청하는 거야?"

"그런 거 아냐. 할 말이 있어서 그래."

"할 말 있으면 지금 해."

"내일 6시쯤 볼까?"

내 말에 유리 누나는 어이없다는 듯이 웃었다.

"좋아. 지금 이 대화가 나한테 얼마나 놀라운지 모르지?"

"왜? 친구가 하나도 없어?"

"응. 친구도 없지만 그보다 다른 이유가 있어. 내일 얘기해줄게. 근데 한 가지 부탁이 있어."

"뭔데?"

"혹시 내가 늦더라도 기다려줄래?"

"기다릴게. 여기 우리 부모님 가게잖아. 밤새도록 기다릴 수 있어."

"알았어. 고마워."

유리 누나는 웃으면서 멀어져갔다. 나는 그 뒷모습이 골목을 돌아 사라질 때까지 지켜보았다.

영민이 말고 다른 친구랑 단둘이 약속을 잡은 것은 처음이었다. 설레면서도 불안한 마음이 들었다. 토요일이 오지 않을까 봐 걱정되었다. 내일도 금요일이고 내일모레도 계속 금요일이면 어떡하나 염려되었다. 기대하면 할수록 그날이 영원히 오지 않을 것만 같았다.

3

 다음 날 나는 일을 돕는다는 핑계로 부모님이 가게 문을 열 때부터 가서 자리를 지키고 앉아 있었다. 가게 유리창도 반짝반짝 닦고 가게 앞 인도도 깨끗이 쓸었다. 음악 플레이리스트도 내 취향으로 바꿔놓고 6시가 오기만을 기다렸다. 데이트도 아니고 유리 누나에게 반한 것도 아니지만 6시가 기다려졌다.

 버거를 직접 요리해줄 생각으로 가장 예쁘게 만들어진 햄버거 패티랑 예쁘게 생긴 토마토를 따로 골라서 빼두었다. 엄마 아빠는 내가 평상시와 다르다는 것을 눈치챘지만 굳이 이유를 묻지는 않았다. 대신 나를 불러 세워서 옷매무시를 다듬어주었다. 그렇게 온 세계가 6시를 기다리고 또 기다리는 것 같았다.

 하지만 유리 누나는 6시에 오지 않았다. 7시에도 8시에도 오지 않았다. 나는 밤을 새워서 해야 할 과제가 있다는 핑계를 대고 혼자 가게에 남았다. 기다린다고 약속했기 때문이다. 게임도 하고 유튜브도 보았지만, 시간이 참 더디게 흘러갔다. 밤새도록 깨어 있으려고 했지만, 테이블에 머리를 대고 잠들어버렸다.

누군가 가게 전면 창을 톡톡 치는 소리에 잠에서 깼다. 운동복을 입은 유리 누나가 밖에 서 있었다. 나는 잠이 덜 깬 얼굴로 나가 문을 열었다. 동이 트기 직전의 하늘은 오묘한 빛으로 빛나고 있었다. 새벽 공기가 차갑고 신선했다. 유리 누나는 달려왔는지 숨을 몰아쉬었다.

"늦어서 미안해. 그리고 기다려줘서 고마워."

나는 가게에 걸린 벽시계를 가리키면서 말했다.

"늦지 않았어. 6시에 온다고 했잖아. 지금 새벽 6시 5분 전이야."

유리 누나는 오른손을 들어 하이 파이브를 했다. 마주친 손바닥에서 순간 전기가 통해 온몸으로 전류가 흐르는 것 같았다. 화들짝 놀란 나와 달리 누나는 아무렇지 않아 보였다. 유리 누나는 익숙한 듯 들어와 여기저기 둘러보았다.

"완전히 다른 공간이 되었네. 테이블 배치도 달라. 이 자리에 낮은 1인용 소파가 있었는데 난 늘 그 자리에 앉았어."

누나가 출입구 근처 자리를 가리켰다.

"그 소파에 앉으면 길 건너 풍경을 볼 수 있거든. 저기 가로수 중에 곧게 선 나무 보이지? 핫초코를 마시며 매일매일 봤어. 저 나무가 유일한 친구였거든. 저 나무한테 매일 있었던 일들을 다 얘기했어."

누나가 추억에 잠긴 듯 건너편 가로수를 바라보았다. 나는 출입문 근처에 있는 테이블을 치우고 의자 두 개를 끌고 와 그 나무가 보이도록 의자를 나란히 배치했다. 그리고 유리 누나를 그 자리에 앉혔다.

"그러면 나무랑 그동안 밀린 얘기해. 오랜만에 만났잖아. 나는 주방에 가 있을게."

나는 주방으로 갔다. 찬장을 열어 핫초코를 찾았지만 빈 통뿐이었다. 최대한 색깔이 비슷한 것을 찾아보았는데 커피와 콜라와 검은콩두유가 있었다. 나는 검은콩두유를 따뜻하게 데워서 머그잔 두 개에 담았다. 그때 유리 누나 목소리가 들렸다.

"우리 대화 다 끝났어. 이제 와도 돼."

나는 검은콩두유가 담긴 머그잔 하나를 건네고 그 옆에 앉았다.

"핫초코가 없어서 최대한 비슷한 색으로 골라서 가져왔어."

"고마워."

"나무한테 뭐라고 얘기했는지 물어봐도 돼?"

"아니, 안 돼."

거절하는 말투는 단호했지만 눈빛은 따뜻해서 상처가 되지는 않았다.

"최근엔 왜 안 왔어? 카페는 사라졌지만, 우리 가게에 오면 되었을 텐데."

"여기서 매일 아빠가 퇴근하길 기다렸다가 같이 집으로 갔는데, 아빠가 지금은 외국에 계셔."

"어제, 아니 그저께 나랑 대화하는 게 놀랍다고 했잖아? 친구가 없어서 그런 거야?"

내가 물었다.

"친구가 없는 것도 맞지만 더 중요한 이유가 있어. 내가 세상하고 싱크아웃이 되어 있거든."

"싱크아웃? 그게 뭐야?"

"요즘 같은 디지털 시대엔 싱크아웃이 드물지. 우리 엄마는 방송국에서 영상 편집일을 하셔. 요즘은 다 디지털화되어서 그런 일이 적지만, 예전에는 화면과 소리의 타임코드가 맞지 않아서 소리가 늦게 나오거나 빨리 나오는 경우가 있었대. 그런 걸 싱크가 나갔다고 해. 내 인생이 그래. 세상이랑 박자가 안 맞아. 매 순간이 싱크아웃이야."

"늘 늦어서 싱크아웃이야?"

"네가 그걸 눈치 못 채니까 신기하다는 거야. 나는 매사가 싱크아웃이야. 왜 그런지는 모르겠는데, 너랑 있을 때만 싱크가 맞아."

"그걸 언제 알았어?"

"처음에는 너도 다르지 않았어. 그런데 너랑 눈이 처음으로 마주쳤을 때, 세상이 아주 잠깐 멈췄다가 태엽이 맞물려서 돌아가기 시작하는 것처럼 느껴졌거든? 그 이후로 그래. 너랑 대화할 때면 내 목소리가 늦지 않고 제때 도착해."

유리 누나가 내게 그렇듯이 누나에게도 내가 특별한 사람이라는 사실을 알고 나자 마음이 한없이 너그러워졌다. 나는 처음부터 누나가 어떤 사람인지보다 누나에게 내가 어떤 사람인지가 더 중요하고 궁금했던 것 같다. 그리고 이렇게 편안하게 대화를 나눌 수 있다는 사실이 중요했다. 누나가 들려주는 사연 자체보다는.

4

"나는 늘 늦어. 어쩔 수 없이 늦어. 마치 세상이 그러기로 작정한 것처럼 늦어. 나는 태어나는 순간부터 늦었대. 날 때부터 세상과 싱크가 맞지 않는 싱크아웃이었어. 출산 예정일보다 보름이나 늦게 태어나서 엄마 목숨이 위험할 뻔했어. 내가 태어난 순간에는 울음소리가 들리지 않았대. 그래서 의사는 내가 소리를 내지 못한다고 생각했어. 다른 신생아처럼 입 모양으로는 울고 있는데 아무 소리도 들리지 않았거든.

 울 듯이 얼굴로만 악을 쓰는 나를 엄마의 왼쪽 가슴 위에 올려놓고 심장박동 소리를 듣게 하니까 악을 쓰는 표정에서 편안한 표정으로 바뀌었대. 그때 갑자기 울음소리가 들린 거야. 분명 나는 입을 다물고 편안한 표정을 짓고 있는데 자지러지는 듯한 울음소리가 들린 거야. 소리가 지각이라도 한 것처럼.

 그 후로도 내 삶은 싱크가 맞지 않는 영화 자막과도 같았어. 나는 늘 지각을 했어. 집에서 아무리 일찍 나와도 버스가 막히거나 바로 앞에서 사고가 나서 결국엔 늦어. 항상 차는 바로 앞에서 떠나고, 붕어빵을 사려고 줄을 서면 내 앞에서 재료가 다 소진되어 버려. 내가 뭘 하려고 하면 다 매진이고 마감이야. 학교에 늦지 않으려고 맨날 달리다 보니까 아주 빠르게 달릴 수 있게 됐어. 학원에 등록하려고 하면 다 마감되는 바람에 학원은 못 다녔는데 달리기는 잘해서 초등학교 때 육상부에 뽑혔어. 그때 내 기록은 전국대회 순위권이었어. 그런데 시합 날에 늦게 도착해서 결국엔 대회 한 번 못 나가보고 기권 탈락했어. 결국 중학교 때 육상을 그만뒀어."

"그만둘 때 힘들었겠다."

"위로해주지 않아도 괜찮아. 나는 그 일이 실패라고 생각하지 않아. 어차피 될 거라고도 생각 안 했거든. 다만 엄마가 지푸라기라도 잡는 심정으로 나를 육상부에 넣었던 거야. 엄마한테는 힘든 시절이었지. 엄마 손에 이끌려서 ADHD 증후군 테스트도 받아보고, 자폐 진단 테스트도 받아보고, 뇌 MRI도 여러 번 찍었어. 심리 상담도 받았는데 아무 소용이 없었어. 엄마가 보기엔 내가 문제가 많은데 겉보기엔 너무 멀쩡했거든. 단지 세상이 나랑 어긋나 있을 뿐이야.

가장 불편한 건, 목소리야. 목소리도 늦어. 시간은 일정하지 않아. 내가 말하면 목소리가 1초 뒤에 도착하기도 하고 하루 뒤에 도착하기도 해. 차라리 일정하게 늦으면 나을 텐데 랜덤하게 늦으니까 대비할 수가 없어. 친구를 사귈 수가 없었어. 말을 걸어도 대답을 안 하니까 무시당한다고 생각하고 다 떠났어. 아무도 내 목소리를 기다려주지 않았어. 약속 시간에 늦는 것도 이해해주지 않았고. 그래서 나는 약속 같은 건 하지 않아. 해야 할 말이 있으면 메모장에 써서 사람들과 소통해. 그게 불편하지는 않아. 별로 하고 싶은 얘기도 없고. 글씨로 적다 보니 꼭 필요한 말만 하게 되거든."

"아주 불편하고 외로웠겠다."

"아니, 뭐 이제 괜찮아. 다들 원래 그런 애구나 하고 그냥 내버려 두거든. 선생님들도 마찬가지야. 이제껏 친구 하나 못 사귀었지만, 친구가 꼭 필요한가 싶기도 하고. 문제는, 아빠가 계신 베이징으로 유학 가고 싶은데, 그러려면 어학 시험도 보고 자격시험도 치러야 해. 하지만 시험장에 늦지 않게 도착할 자신이 없어. 수업이 다 끝난 다음에 학교에 도착한 날이 많아서 출석 일수가 모자라 유급했거든. 그래서 말인데, 나는 3학년이지만 너보다 두 살이 많아."

"알고 있어."

"정말? 그럼 너 내 이름도 아니? 나는 소유리야. 네 이름은 뭐야?"

"진. 정진."

"진이구나. 너를 만나고 있는 이 순간이 신기해. 이상하게도 너랑 대화할 때는 버퍼링이 생기지 않아. 목소리가 바로바로 도착해. 왜 그럴까?"

"내 얼굴이 로딩 중인 것과 관련이 있을까?"

"로딩 중이라고?"

"우리 부모님은 내 얼굴이 아직 로딩 중이래. 버퍼링에 걸려서 얼굴 데이터가 다 도착하지 않았다고."

"그런데 나는 네 얼굴이 다 보이거든. 매직아이 보듯이 집중하면."

"내 눈만 보이는 게 아니라 얼굴이 또렷이 다 보인다고? 그럼 내 얼굴이 이미 다 도착해 있는데 다른 사람들 눈에는 안 보인다는 거야?"

"다른 사람들 눈에 네가 어떻게 보이는지는 몰라. 그런데 원래 같은 대상을 봐도 다 다르게 보이잖아."

잠시 생각에 잠겨 있던 유리 누나가 한마디 더 던졌다.

"포커스아웃."

"포커스아웃?"

"아날로그식 카메라는 렌즈를 돌려서 거리에 따라 초점을 맞출 수가 있거든. 네 얼굴이 아니라 뒤에 있는 사물에 초점을 맞추면 얼굴은 흐릿하게 나오지. 그걸 포커스아웃이라고 해. 그러니까 너는 포커스아웃 보이지. 나는 싱크아웃 걸이고."

"포커스아웃 보이와 싱크아웃 걸?"

"나는 살면서 늦지 않으려고 정말 노력했는데 어떻게 해도 잘 안 됐어. 어쩔 수가 없었어. 그래서 받아들일 수밖에 없었어. 포기했다는 뜻이 아니라, 늦는다는 것에 대해서 깊이 생각해보게 됐어. 정말로 늦는다는 게 뭘까? 내가 늦은 게 맞을까?"

"시간은 흐르지 않는다고 말한 친구가 있었어."

"'시간은 흐르지 않는다.' 카를로 로벨리라는 과학자의 책 제목이야. 만약 시간이 흐르지 않는다면 내가 늦은 적도 없겠지. 그러면 사는 게 덜 고통스러웠겠지."

"사는 게 고통스러웠어?"

"늘…… 초대받지 않은 파티에 강제로 와 있는 기분이야. 세상에 초대받지 못한 손님 같은, 유령처럼. 거기 있지만 존재하지 않는."

유리 누나의 이야기는 날카로운 칼에 가슴이 찔리는 듯한 통증을 느끼게 했다. 그동안 말로 표현하지 못한 내 외로움과 고통을 다른 사람의 입을 통해 처음으로 들은 기분이었다. 내가 인정해주지 않아서 나오지 못하다가, 이제야 그 감정들이 몸을 얻어 단단한 방어막을 찢고 쏟아져 나오는 것 같았다. 이게 외로움이고 고통인 걸까.

나도 그래,라고 말하고 싶었지만, 입이 열리지 않았다. 그 감정들을 받아들이는 데 시간이 필요했다. 한참 뒤에야 간신히 입을 열었을 때 나온 말은 다른 말이었다.

"누나 혹시 버거 좋아해? 만들어줄까?"

"너 버거 만들 줄 알아?"

"응. 일손 필요할 땐 내가 돕거든. 잠시만 앉아 있어."

나는 주방으로 가서 냉장고를 열어 어제 미리 준비해둔 재료들을 꺼냈다. 가스 밸브를 열어 불을 붙이고, 프라이팬에 기름을 둘러 패티를 익히기 시작했다. 자글자글 소리를 내며 익어가는 패티를 보니 마음이 한결 차분해졌다.

세상에서 싱크가 맞는 사람이 존재한다는 사실을 알게 되었을 때 유리 누나의 기분은 어땠을까? 반가웠을까, 아니면 무서웠을까? 나는 내 얼굴을 똑바로 바라볼 수 있는 사람이 존재하고, 그 사람이 유리 누나라서 기쁜데. 세상과 어긋나 있는 두 사람이 서로에게만 맞는다는 사실은 다행일까, 불행일까?

나는 정성스럽게 조리한 버거 두 개를 반으로 예쁘게 잘라서 접시에 담았다. 내 시간과 정성을 들여 누군가를 위한 따뜻한 음식을 만든다는 건 기분 좋은 일이다. 어쩌면 부모님이 식당을 하는 이유도 이런 즐거움 때문일지도 모르겠다.

완성된 두 개의 버거를 보고 있자니 갑자기 웃긴 생각이 들었다. 만약에 내가 지금, 이 왼쪽 버거에 독을 타면 세상에서 내 얼굴을 볼 수 있는 유일한 사람이 사라진다. 그리고 오른쪽 버거에 독을 타면 유리 누나와 싱크가 맞는 유일한 사람이 사라지는 거지.

나는 버거 접시를 양손에 들고 주방을 나가면서 소리쳤다.

"방금 좋은 생각이 났어."

누나가 접시를 받아 들었다.

"누나가 시험 보러 갈 때 같이 가줄게. 내가 누나의 어긋난 싱크를 맞춰주는 사람이니까. 그러면 안 늦을 거잖아."

"그래 주면 고맙지만, 너도 같은 날 중요한 시험을 보게 되면 어떡해?"

"괜찮아. 나는 시험 같은 거 안 봐. 대학도 안 가고 취업도 안 할 거라서."

"가업을 잇는 거야? 여기서?"

"이 가게는 언제 망할지 몰라. 나는 다른 계획이 있어."

"무슨 계획?"

"계획이 거창해. 나중에 천천히 얘기해줄게."

산속이나 무인도에 들어가서 「나 혼자 자유인이다」에 나오는 사람처럼 사는 게 인생 계획이라고 말하기가 부끄러웠다. 혼자 자유롭게 사는 게 꿈이라고 말해왔지만, 사실은 세상으로부터 도망치는 것이라는 걸 부정할 수가 없었다.

우리는 접시를 각자 무릎 위에 올려놓고 버거를 한입 베어 물었다.

"맛있어. 어릴 적에 아빠가 만들어주던 바로 그 맛이 나."

"입맛에 맞다니 다행이야. 부모님이 어릴 적에, 동네에 최초로 생겼던 버거집의 맛을 그대로 구현한 거래. 그래서 그런지 어른들만 좋아해."

"나는 어른 입맛은 아니지만, 이 맛은 내가 아는 맛이야. 어릴 적 행복했던 기억이 떠오르게 해."

버거를 먹으면서 유리 누나가 계속 말했다.

"나도 같이 가줄게, 어디든. 혹시 내 도움이 필요하면."

"그래? 혹시 장작 팰 줄 알아? 닭이랑 산토끼랑 물고기 잡는 법도 알아?"

"해본 적은 없는데 못 할 이유는 없지…… 근데 너 산이나 무인도에 가서 살려고? 그럼 내가 필요할 거야. 독버섯 구분할 줄 알거든. 도서관에서 버섯 도감이랑 식물도감을 많이 봤어."

"오케이, 일단 합격."

"왜 합격이지? 독버섯을 구분할 줄 아는 사람하고 단둘이 있는 게 더 위험한 일 아닌가?"

"설마 나한테 독버섯을 먹이려고? 그러면 유일하게 세상과 시차를 맞춰주는 사람을 잃는 건데."

"평생 이렇게 살아서 오히려 더 익숙해. 나는 다 늦지만 한 가지는 빨라. 포기가 빨라. 세상과 속도를 맞추는 것은 이미 오래전에 포기했어. 사람들과 대화하는 것도 포기했고. 세상은 세상의 속도대로 굴러가게 두고, 나는 나만의 속도로 살 거야."

"내가 없어도 된다는 얘기야?"

"네가 세상과 시차를 맞춰주는 유일한 사람이라는 말은 조금 부담스러운 것 같아. 이름도 오늘 처음 알았는데."

"설마 내가 유일한 사람이겠어? 찾아보면 또 있겠지, 그런 사람들."

"있겠지만 굳이 찾을 필요가 있을까? 안 그래도 잘 사는데?"

"그렇구나…… 내가 유일한 사람인 게 부담스럽구나…… 독버섯은 무슨 맛이야? 버섯 맛이겠지? 나 버섯 좋아해. 그러니까 나중에 내가 혼자 사는 산에 놀러 와."

"산에서 혼자 사는 게 진짜 인생 계획이야?"

"응."

"너 산은 있어?"

"자기 산이 있어야 해? 그럼 「나 혼자 자유인이다」에 출연한 사람들은 다 산 주인이야? 자연에 주인이 어딨어? 나무도 풀도 공기랑 비랑 햇빛으로 키우는 건데."

유리 누나가 한숨을 쉬었다.

"무단출입과 무단 채취는 불법이야."

"산에서 생존하는 법을 적은 비법 노트까지 만들어서 진짜 열심히 외웠는데…… 산이나 무인도를 사야 하는지는 몰랐어."

"인생의 계획을 바꾸면 되지. 꿈을 바꾸는 건 불법이 아니야."

"갑자기 생각난 건데 질문 하나만 해도 돼?"

"응."

"솔직하게 얘기해줘."

"응. 누군가와 실시간 대화가 가능한 이 소중한 시간에 거짓말할 새가 어딨어."

"나 잘생겼어?"

유리 누나가 웃음을 터트리며 말했다.

"응."

"그래, 고마워."

어느새 높이 뜬 햇살이 가게 안으로 깊숙이 들어왔다. 차도 사람도 늘었다. 유리 누나는 가야 할 곳이 있다며 자리에서 일어났다.

나는 누나를 문 앞에서 배웅하고 의자를 원래 자리에 돌려놓은 다음 주방에서 요리한 흔적을 깨끗이 청소했다. 가게 문을 잠그고 나가려는데 갑자기 유리 누나의 목소리가 들렸다.

왜냐하면 우주엔 휘어진 공간이라는 게 있으니까. 수성 근처에는 중력이 강해서 빛도 휘어지는 공간이 있대. 마찬가지로 내 안에도 블랙홀 같은 공간이 있어서 나를 지나는 시간이 휘어지는 거야.

유리 누나의 목소리였지만 조금 더 어렸다. 어쩌면 그 목소리는 이곳이 카페이던 시절부터 이 공간 안에서 오랫동안 맴돌았는지도 모른다. 그 목소리가 발화된 시점에는 소리의 수신자가 내가 아니었겠지만. 혹시 모르지, 시간이 정말 흐르지 않는다면 먼 미래에서 왔을지도.

5

 그날 이후로 유리 누나와 부쩍 가까워졌다. 나는 유리 누나에게 중요한 일이 있을 때마다 같이 가주리라 결심했는데, 유리 누나는 한 번도 내게 도움을 요청하지 않았다. 나를 만나기 전과 똑같이, 매번 늦으면서 지냈다.
 달라진 점은, 우리가 함께 도서관에 다니기 시작했다는 것이다. 각자 수업을 듣고, 끝나면 같이 도서관에 갔다. 유리 누나는 자료실에 앉아 시험공부를 했다. 나는 공부하는 누나를 힐끔힐끔하며 책을 정리하거나, 옆자리에 앉아 버섯 도감과 식물도감을 뒤적이면서 독버섯이나 독초의 특징을 생존 비법 노트에 적고 암기했다. 그리고 공부가 끝나면 같이 집으로 돌아갔다.
 나란히 걸으면서 유리 누나는 혼잣말하듯 이야기를 풀어놓았다. 아마 예전에 나무한테도 이런 식으로 얘기했을 것이다. 나는 그 이야기들을 그저 가만히 들어주었다. 마치 내가 걸어 다니는 나무가 된 것처럼. 나는 그 시간이 정말 좋았다.

"나는 도서관이 제일 좋아. 그곳엔 늦거나 빨리 도착한 것투성이거든. 물론 도서관이 문을 닫은 다음에 도착해서 어쩔 수 없이 발길을 돌린 적도 많아. 도서 반납이 늘 늦는 바람에 연체 정지일이 209일이나 남아서 내년까지 도서 대출은 못 해. 그래도 괜찮아. 책들은 늘 나를 기다려주니까.

어떤 책들은 나처럼 세상에 늦게 온 존재들 같아. 너무 일찍 도착한 책들도 많고. 100년 뒤에나 태어날 사람들이 이해할 만한 내용이 담긴 책들도 있어. 시대를 잘못 타고난 그 책들 하나하나가 나 같아서 도서관에 오면 편안해. 집에서는 편안함을 느낀 적이 없어. 엄마는 나를 기다려주지 않거든.

편안함과 안전함을 느끼는 곳이 집이라면, 도서관이야말로 나의 집이야. 나는 특히 작가 이력을 읽는 게 좋아. 고전 명작 소설을 쓴 작가 중에는 살아 있을 적엔 인정을 못 받고 불행한 삶을 살았던 사람이 많아. 시대와 어긋나 너무 빨리 태어난 그들에게 동질감을 느껴. 그래서 그들에게 말을 걸기도 해. 물론 그 소리는 들리지 않아. 내 목소리는 늦게 도착하니까. 내 성대를 떠난 그 말은 아무도 없는 불 꺼진 자료실에 뒤늦게 도착해서 울릴 거야. 시대를 미리 앞서 나간 작품들을 쓴 작가들처럼 나도 이 시대랑 조금 안 맞을 뿐이라고 믿고 싶었던 것 같아. 이렇게 태어난 이유가 분명히 있는 거라고.

너무 이르거나 너무 늦게 도착한 책들을 좋아하는 것과 마찬가지 이유로 나는 필름 카메라로 사진 찍는 걸 좋아해. 필름을 몇 달 동안 내버려 두었다가 나중에 현상하곤 해. 디지털카메라처럼 찍는 즉시 나타나는 사진들은 너무 불편해. 너무 가깝고 빨라서 심장이 터질 것 같아. 시간차를 두고 인화된 사진 속 지나간 순간들을 마주하면 마음이 편안해. 그때가 나한테는 정확한 타이밍인 것 같아. 바다 건너 해변에 도착한 물병 속 편지처럼 느리게 도착한 답장이 좋아."

느리게 도착한 답장이 좋다는 말에 나는 움찔했다. 나와 함께 있을 때 유리 누나의 목소리가 제때 도착한다는 것을 은연중에 특별한 재능으로 여기고 있었기 때문이다. 내가 특별한 사람이 된 것 같아서 뿌듯했는데 느리게 도착한 답장이 좋다니…… 그러면 내가 필요 없다는 얘기 아닌가? 이런 내 속마음을 읽었는지 유리 누나가 덧붙였다.

"즉시 도착하는데도 불편하지 않은 건 너뿐인 것 같아. 그 사실이 조금 무서울 때도 있어. 네가 너무 소중해지면 나중에 네가 사라졌을 때 더 괴로울 것 같아서."

"어…… 그럼 내가 사라지지 않을게. 약속할게."

내가 말했다.

"약속은 함부로 하는 게 아니야."

유리 누나가 답했다.

나는 새끼손가락을 내밀었다.

"그러면…… 약속하지 않기로 약속하자."

"그게 뭐야."

그러면서도 유리 누나는 새끼손가락을 들어 내 손가락에 걸고 엄지손가락으로 도장도 찍었다.

"우리 이제 약속하지 않기로 약속한 거야."

"그러거나 말거나."

유리 누나는 대수롭지 않은 듯 피식 웃으며 말했지만, 나는 약속하지 않기로 약속해도 약속할 거라고, 사라지지 않을 거라고 혼자 다짐을 새겼다.

지구 위엔 대략 80억 명의 사람이 살고 있다. 지금, 이 순간에도 새로운 사람이 태어나고 있다. 80억 명의 사람 중에 똑같은 사람은 단 한 명도 없다는 그 당연한 사실이 기적처럼 느껴질 때가 있다. 80억 명이나 되는 제각기 다른 사람이 있으니 이런 사람도 있고 저런 사람도 있을 것이다. 그중엔 언제나 얼굴이 흐릿한 사람도 있고 어떻게 해도 늦기 마련인 사람도 있을 것이다. 이런 사람이 있고 저런 사람도 있고…… 그들은 늘 그렇게 스쳐 지나다닌다.

이런 사람과 저런 사람이 서로 마주칠 확률은 얼마나 될까? 각기 다른 80억 명의 낯선 사람이 있다는 사실부터 기적인데, 그 각각의 사람이 간혹 서로를 알아보는 일이 일어난다면 그건 기적 중의 기적이겠지. 그게 기적이 아니라면, 원래 그렇게 되기로 정해진 것이겠지. 우연이 아니라면 필연이겠지.

어릴 때는 이런 내가 운이 없다고 생각했고, 조금 더 커서는 이렇게 태어난 이유가 분명히 있을 거라고 생각했다. 그 이유를 찾고 싶었다. 그런데 유리 누나와 함께 시간을 보내면서 그 이유를 꼭 몰라도 괜찮다는 생각이 들기 시작했다. 세상은 원래 알 수 없는 것투성이니까. 먼 미래가 이유를 알려줄 수도 있겠지만, 미래는 아직 오지 않았고 나는 그저 오늘을 살 뿐이다. 오늘 나는, 내가 왜 이렇게 태어났는지 그 이유를 몰라도 괜찮았다.

3장 포커스아웃 보이

1

 아빠는 언젠가 내게 노벨상을 받은 소설가 마르케스에 대해 얘기해준 적이 있다. 마르케스는 돼지 꼬리가 달린 아이가 나오는 소설을 출간하고 나서 비슷한 내용의 편지를 여러 통 받았다고 한다. 나만 돼지 꼬리를 달고 태어난 줄 알았는데 아닌 걸 알아서 다행이라는 내용이었다. 그 얘기를 듣고서 나도 소설인 척 내 얘기를 써볼까 하는 생각도 했었다.

 내 얘기가 세상에 알려지면 나와 비슷한 누군가에게 그 사실이 다행으로 여겨지지 않을까? 아니, 솔직히 잘 모르겠다. 나 혼자만 그런 게 아니라는 걸 알게 되면 덜 외로워질까, 아니면 그런데도 여전히 외롭다는 사실에 더 외로워질까.

 나는 외로움이라는 감정을 도무지 이해할 수가 없었다. 인간은 원래 혼자니까 태어날 때부터 외로운 상태가 기본인데, 그걸 외롭다고 이름 붙이고 그 사실로 괴로워하는 건 이상하지 않은가?

외로움이라는 감정이 실재한다고 믿는 건 크나큰 사회적 낭비다. 내가 진짜 외로워본 적이 없어서 이런 생각을 하는지 모르겠지만. 그런 면에서 나는 아직 덜 자랐고 여전히 로딩 중이 맞나 보다.

나는 유리 누나가 내 얼굴을 볼 수 있다는 사실을 엄마 아빠와 영민이에게 비밀로 했다. 언젠가 내 얼굴이 100퍼센트 로딩되어 평범해질 거라고 믿고 있는 부모님의 희망을 깨뜨리고 싶지 않았기 때문이다. 그리고 뒤늦게 도착한 유리 누나의 목소리가 들려온다는 사실 또한 비밀로 했다. 세상이 준 선물처럼 느껴졌기 때문이다. 그 사실을 발설하는 순간, 목소리들이 더는 찾아오지 않을 것만 같았다.

비록 비밀은 많아졌지만 평소와 다름없는 일상이 이어졌다. 하지만 유리 누나의 등장으로 내 삶은 완전히 다르게 변했다. 매일 지나다니는 등굣길의 공기가 새롭게 느껴졌다. 햇살은 더 따사롭고 가로수의 잎들도 더 빛나 보였다. 발걸음도 가벼워졌다. 나는 매일매일 구름 위를 걸어 다니는 것 같았다. 그날도 그렇게 날아갈 듯이 걷고 있는데 익숙한 목소리가 나를 불러 세웠다.

"정진! 분홍 가방! 거기 서봐."

나는 걸음을 멈췄다. 깜박 방심하고 아빠의 검정 가방 대신 형광 핑크 가방을 메고 왔다. 돌아보니 빨강 머리 3인방이 손짓하고 있었다. 그대로 줄행랑치고 싶었지만, 평생 도망치며 살 수는 없기에 어쩔 수 없이 그쪽으로 걸어갔다. 깻잎 머리가 내 어깨에 손을 두르는 척하며 나를 가까이 끌어당겨서 속삭였다.

"네가 적어준 메일 주소, 없는 메일이라잖아. 우릴 속였어?"

"네가 잘못 봤겠지."

"정말로 기획사가 있다면 대표번호를 알려줘봐. 다 거짓말 아니야?"

그 생각은 미처 못 했기에 등골이 서늘했지만, 갑자기 다른 아이디어가 떠올랐다. 나는 최대한 담담하게 대답했다.

"그사이에 거절할 수 없는 제안이 와서 검토 중이야."

"거짓말 마. 어디서 제안이 왔는데?"

나는 스마트폰을 들어서 깻잎 머리에게 들이댔다.

"이 폰 만든 회사의 고객센터에 메일을 보냈거든. 당신네 회사가 만든 안면인식 보안 체계에 심각한 오류가 있다고. 내 얼굴로 모든 스마트폰이 다 뚫린다. 그렇게 메일을 보냈더니 바로 연락이 왔어. 회사 대표가 나를 만나고 싶어 한대."

"이게 어디서 거짓말이야! 스마트폰 회사 대표가 널 만날 시간이 어딨냐?"

"그래서 검토 중이었는데 소문이 새어 나갔는지 다른 곳에서 또 연락이 왔어. 트루 페이스 리서치 인스티튜트True Face Research Institute. 안면인식 보안연구소인데 진행 중인 프로젝트에 내 도움이 필요하대. 지금 협력을 위한 절차를 밟고 있어."

"안면 보안? 뻥치지 마. 야, 검색해봐."

"트루…… 페이스…… 리서치…… 스펠링을 모르겠는데."

"야, 음성 검색 있잖아."

"트루 페이스 리서치 인스티튜트…… 검색에 없어. 이 자식 또 거짓말하네."

"야, 일급 국가 기밀 시설인데 그게 검색이 되겠냐?"

"정말이야? 언제 가는데?"

"아무도 모르게 떠나겠지. 그런데 나를 데려가려던 계획에 차질이 생기면 그 사람들이 너희를 가만두지 않지 않을까?"

"누가 데려가는데? 혹시 FBI라도 와서 데려가는 거야?"

"어쨌든 강대국이라는 것 정도만 알아둬."

나는 손가락을 세 개 펴서 3대 강대국 중 하나라는 사실을 강조했다.

"거짓말인지 아닌지 조사해본다. 너 또 거짓말이면 가만 안 둬. 그땐 곱게 보내주지 않을 거야. 우리 형님이 지금 큰 사업을 구상 중인데 네가 필요해."

"그 사람들 모르게 데려갈 자신이 있으면 그러던가?"

그때 어느샌가 다가온 영민이가 뒤에서 나를 잡아끌었다.

"진아, 학교 늦었는데 여기서 뭐 해. 가자."

영민이는 나를 잡아끌어서 등교하는 아이들 무리 속으로 잽싸게 데리고 들어갔다. 우리는 무리에 휩쓸려서 학교로 들어갔다.

영민이가 교실에 도착하자마자 속삭였다.

"아까 걔네, 소문 안 좋은 애들이잖아. 무슨 일이야? 너 협박당하고 있어?"

"응. 걔들이 내 재능이 필요하대."

"무슨 재능?"

"CCTV에 찍히지 않는 재능."

"아—"

영민이는 늘 침착한 편이었다. 영민이의 이런 반응은 이게 심각한 상황이라는 뜻이다.

영민이가 말했다.

"학폭센터에 신고할까?"

"신고하기엔…… 증거가 없어. 쟤네는 아직 날 때린 적도 없고 도움을 요청했을 뿐이야."

"그게 무슨 도움 요청이냐? 협박이지."

"그리고 정확히 무슨 일을 시킬 건지도 모르겠어. 그걸 알 때쯤엔 빠져나올 수 없게 되겠지만."

"쟤네 소문이 아주 안 좋아. 쟤들이 형님이라고 모시는 사람이 MZ조직 폭력배라는 소문이 있어. 불법 도박, 사채, 마약, 보이스피싱…… 이런 곳에 다 연루되어 있다는 소문이 파다해."

"내가 마약 배달하면 절대 안 걸릴 것 같긴 해."

"무슨 소리를 하는 거야. 네 얼굴을 그런 일에 낭비하려고?"

"인생 낭비보단 얼굴 낭비가 낫지. 그게 아니면 내 얼굴이 어디 쓸 데가 있긴 해? 그래도 처음으로 나한테 재능이 있고 그게 필요하다고 한 애들이야."

"야! 세상엔 도덕과 윤리라는 게 있다고. 법과 질서라는 게 있고."

"그건 절박하지 않은 사람들이나 할 수 있는 얘기고. 나는 절박해. 도대체 내 쓸모를 모르겠어. 내가 세상에 아무런 쓸모가 없는 것 같아."

"너 어쩌다가 이 지경까지 됐냐. 심각하네. 친구인 네가 이 지경이 되도록 모른 나를 일단 반성한다."

"네 잘못은 아니지."

영민이는 심각한 표정으로 한참 동안 생각에 잠겼다. 수업 시작종이 울려서 우리는 자리에 앉았다. 수업이 끝나자마자 영민이가 내 자리로 달리듯 와서 말했다.

"방법이 있어. 쟤들이 너한테 요구하는 재능을 쓸모없게 만들면 돼."

"얼굴을 어떻게 만들어? 복면을 쓰고 그 위에 얼굴이라도 그리고 다닐까?"

"그게 아니라 CCTV에 찍히지 않는 너의 흐릿한 얼굴이 필요한 거라면, 오히려 그 얼굴을 내세워서 유명하게 만들면 되지. 그럼 네 얼굴이 쓸모없어질 거야."

"무슨 말인지 모르겠는데?"

"네 흐릿한 얼굴을 브랜딩해서 유명하게 만드는 거야. 포커스 아웃 보이로 콘셉트를 잡아서 인플루언서가 되는 거지."

"지금 그게 말이 된다고 생각해?"

"요즘 사람들은 콘셉트에 관대해. 네가 그 어떤 이상한 사람이라고 해도 콘셉트라고 하면 다 받아들일 거야. 사람들은 남들과 다른 것에 가치를 두니까."

"그게 될 리가 있나."

"되게끔 하나씩 하나씩 해나가면 돼. 내가 도와줄게."

"너 입시 준비하느라 바쁘잖아."

"너는 지금 생존의 위협을 받고 있어. 살길이 하나라도 있다면 시도해봐야지. 네가 유명해지면 그 누구도 너를 쉽게 건들지 못할 거야. 할 수 있는 것부터 차근차근 해보자."

"뭔 얘기인지는 모르겠지만 일단 해볼게. 고마워."

그렇게 우리의 포커스아웃 보이 프로젝트가 시작되었다.

2

 알고 보니 영민이는 그림뿐만 아니라 캐릭터를 구성하고 브랜딩하는 것에도 탁월한 재능이 있었다. 우리는 콘텐츠 기획 회의를 거친 다음에 유튜브, 틱톡, 인스타그램 등 여러 종류의 SNS에 포커스아웃 보이 계정을 만들었다.

 언제 어디서나 얼굴이 흐릿하게 보이는 캐릭터가 콘셉트였다. 솔직히 말하면 콘셉트가 아니라 내 인생 그 자체였다. 하지만 우리는 사람들이 포커스아웃 보이를 가상의 캐릭터로 봐주기를 바랐다. 우리는 포커스아웃 보이의 인생 스토리를 만들고, 동네를 돌아다니면서 사진과 영상을 찍었다.

 콘텐츠를 걱정할 필요는 없었다. 그냥 내 일상을 있는 그대로 찍으면 되니까. 사람들이 무엇을 좋아할지 몰라서 일단 유행하는 형식대로 다 찍어보았다. 도서관에서 공부하는 포커스아웃 보이 스터디위드미 영상도 찍고, 편의점에서 라면 먹는 먹방도 찍고, 유행하는 춤을 따라 하는 챌린지 영상도 찍었다. 하면서도 과연 사람들이 이런 것에 관심을 가질지 의문이 들었다. 평생 관심이라는 것을 받아본 적이 없었기 때문이다.

내가 잠시라도 관심을 받을 때는 사람들이 나를 다른 누군가로 착각했을 때뿐이다. 하지만 영민이는 확신에 차 움직였다. 마치 스스로에게 확신을 심으려는 듯 반복해서 말했다.

"이 콘셉트는 성공할 수밖에 없어. 이전까지 아무도 시도한 적이 없으니까. 게다가 SNS의 외모 지상주의에 정면으로 도전하는 콘셉트잖아. 얼굴이 중요한 시대에 얼굴이 없다는 걸 정면으로 내세우는 건 대단한 용기야. 우리는 화장품 바이럴 광고만 빼고 다 할 수 있어."

영민이의 예상은 하나만 빼고 다 맞았다.

포커스아웃 보이 계정은 처음에는 아무런 관심도 끌지 못했지만, 우연히 영상을 보게 된 유명한 유튜버가 웃긴다면서 추천한 이후로 구독자가 늘더니 금방 유명해졌다. 영민이의 예상과 달랐던 점은, 화장품 바이럴 광고가 들어왔다는 것이다. 사람들이 가장 좋아한 영상은 포커스아웃 보이의 데일리메이크업과 네컷사진 촬영이었다.

데일리메이크업 콘텐츠를 찍기 위해서 나름대로 열심히 자료 조사를 했다. 뷰티 채널 영상을 보고 공부한 다음 영민이가 누나의 메이크업 박스를 빌려왔다. 수차례에 걸친 연습 끝에 데일리메이크업 영상을 실시간 라이브로 촬영했다.

얼굴에 기초화장을 하고, 베이스를 깔고, 약간 어두운 톤으로 입체감을 만들어준 다음 눈 화장도 하고, 입술도 그리고…… 시종일관 진지한 태도로 아주 상세하게 설명하면서 30분 넘게 공을 들였는데, 정작 화면 위에는 화장만 둥둥 떠 있었다. 화장이 들뜬 것이 아니라 문자 그대로 흐릿한 얼굴 위에 화장만 떠 있었다.

그걸 보고 사람들은 미친 듯이 웃고 좋아해주었다. 댓글 창이 폭발했다. 얼굴은 흐릿하고 화장만 선명한 화면을 기술적으로 어떻게 구현했는지 묻는 댓글이 많았다. 우리는 영업 비밀이라며 밝히지 않았다.

네컷사진 촬영도 라이브 방송으로 진행했다. 열심히 포즈를 취하며 사진을 찍었는데 흐릿한 얼굴이 인화되어 나오자 역시 댓글 창이 폭발했다. 자학 개그라고 여겼던 행동을 의외로 사람들이 좋아해주었다. 나중에 네컷사진 회사 기획팀에서 연락이 와서 포커스아웃 보이 필터까지 출시하게 되었다. 어떤 표정으로 사진을 찍든 결과물은 내 얼굴처럼 흐릿하게 나왔다. 사람들은 참 이상하게도 그런 걸 재밌어했다. 얼굴 공개에 대한 부담 없이 누구나 유행하는 챌린지에 동참할 수 있다는 것이 포커스아웃 보이 필터의 인기 비결이었다.

조회 수가 폭발하면서 댓글도 늘고 악플도 늘었다. 댓글을 보면 가관이었다. 성형한 거냐, 혹시 버추얼 모델 아니냐 하는 질문부터 CG를 어떻게 그렇게 매끄럽게 잘 처리했는지, 프레임 단위로 얼굴을 다 지운 건지 아니면 자동으로 해주는 AI 애플리케이션이 있는 건지 묻는 말까지. 물론 악플도 많았다. 얼굴이 흐릿해도 이미 못생겼다 등등.

나는 내가 악플에 타격받지 않을 줄 알았다. 원래부터 사람들이 나를 어떻게 생각하는지 전혀 궁금해하지 않았으니까. 하지만 이상하게도 악플들은 하나하나 내 가슴에 비수로 꽂혔다. 특히 얼굴 평에 대한 악플이 괴로웠다. 평생 얼굴 평을 들어본 적 없는 나는 그에 대한 내성이 전혀 없었다. 만약에 유리 누나가 내 얼굴이 잘생겼다고 말해주지 않았다면, 나는 얼굴이 흐릿해도 이미 못생겼다고 댓글 단 사람을 찾아내 따지러 갔을지도 모른다.

영민이는 처음부터 포커스아웃 보이라는 캐릭터를 나 자신과 분리해야 건강한 정신으로 계정을 오래 유지할 수 있다고 강조했다. 그래서 나는 스스로에게 계속 주문을 걸었다.

'포커스아웃 보이는 내가 아니라 우리가 만든 캐릭터일 뿐이다. 포커스아웃 보이는 내가 아니고 내 인생도 아니다.'

나는 이 문구를 책상에 붙여놓고 매일 아침저녁으로 읽었다.

3

 포커스아웃 보이가 유명해지면서 유튜브 구독자 수가 늘고 협찬 의뢰도 들어오며 수익이 생기기 시작했다. 우리는 돈 관리를 전적으로 부모님께 맡겼다. 부모님은 우리의 동의를 거쳐 학생 수준에서 적당한 인건비를 빼고, 나머지 수익은 전부 보호 종료 아동센터에 기부했다.

 영민이는 부모님 가게에서 촬영을 제안했고 부모님도 흔쾌히 동의해 버거 가게에서 콘텐츠를 촬영했다. 나는 부모님 대신 앞치마를 두르고 버거를 굽고 서빙도 했다. 늘 그랬듯 영민이가 촬영하고 편집은 내가 했다.

 영상이 나가고 나자 버거 가게에도 드디어 손님들이 줄을 서기 시작했다. 언제나 3점대이던 가게 평점도 4점대로 올랐다. 손님들은 하나같이 버거를 먹으면서 포커스아웃 보이 얘기를 했다. 이제 아무도 맛에 트집을 잡지 않았다.

사람들은 버거 가게에 와서 포커스아웃 보이의 이미지를 먹었다. 손님이 많아지자 부모님은 바빠졌다. 일손이 모자라서 나도 가끔 가게 일을 도왔는데 아무도 나를 알아보지 못했다. 포커스아웃 보이에 대해 이야기하는 사람들에게 버거를 갖다주었지만 내 얼굴을 제대로 보는 사람은 아무도 없었다. 이럴 때 보면 사람들은 서비스직에 종사하는 사람들이 얼굴을 가지고 있고, 뜨거운 피가 흐르는 한 명의 인간이라는 사실을 종종 잊는 것 같다.

<포커스아웃 보이에게 무엇이든 질문하세요. QnA 라이브>

포커스아웃 보이 채팅으로 질문해주세요. 이번 주 로또 당첨 번호 빼고 다 답변해드립니다.

tlssskek 어쩌다가 그렇게 되었어요?

포커스아웃 보이 태어났을 때부터 이랬어요.

sunnnii 태어났을 때부터 그런 거면, 아직 희망이 있네. 미완성이라. 제 얼굴은 태어났을 때부터 이대로 완성이라 망했어요.

rkaksdkseh 못생긴 게 자랑이냐ㅋ

sunnnii 덜 생김 vs 못생김 ???

보라도라 저도 둘째 얼굴은 미완성으로 낳아서 몇 년이라도 희망을 품고 살고 싶네요. 포커스아웃 보이 님, 엄마가 임신했을 때 뭐 드셨는지 물어봐주세요 ㅎㅎㅎ

wonderwander 그 얼굴로 여권은 어떻게 만들었어요? 공항 보안 검색

대 통과는 어떻게 해요?

　skyblueblack　여자 친구는 얼굴을 어떻게 구분하나요? 사람들 사이에서 어떻게 찾나요?

　muyeontan　저 얼굴에 여자 친구ㅋㅋㅋㅋ 모솔이겠지.

　co_sa_T　실시간으로 얼굴만 흐리게 하는 CG가 가능한가요? 무슨 프로그램, 무슨 필터 쓴 건지 알려주세요.

　포커스아웃 보이　필터 필요 없어요. 이렇게 태어나면 됩니다. 엄마 아빠한테 문의하세요.

　co_sa_T　영업 비밀인가요? 후원하면 알려주시나요?

　tlssskek　사인받고 싶어요. 팬 사인회 안 하시나요?

　포커스아웃 보이　상암월드컵경기장 섭외 중입니다. 기다려주세요.

　보라도라　다른 채널에는 왜 출연 안 해요? 콜라보 기대합니다.

　사람들이 보고 즐기는 캐릭터로서의 '포커스아웃 보이'의 삶과 실재하는 나 '정진'의 삶 사이에는 결코 좁혀질 수 없는 간극이 있었다. 포커스아웃 보이와 똑같이 생긴 내가 하루하루 삶을 영위하고 있다는 사실을 진짜로 믿는 사람은 없었다. 내 얼굴은 콘셉트가 아니라 삶 자체고 나도 캐릭터가 아니라 진짜 사람이기에 살면서 불편과 고통을 겪고 있는데, 사람들에겐 그 모든 것이 오락거리가 되었다. 사람들은 포커스아웃 보이의 존재를 오락거리로 소비할 수 있는 선에서만 받아들였다. 그 사실에 상처받지 않기 위해 나는 끊임없이 포커스아웃 보이 캐릭터와 나를 분리해야 했다.

그리고 어느 정도는 분리하는 데 성공했다. 포커스아웃 보이의 인기가 내 것일 리가 없다는 자기 객관화 능력 덕분일 것이다.

온라인에서는 인기가 치솟았지만, 학교에 가면 인기는커녕 아무도 내가 포커스아웃 보이의 '본체'라는 사실을 알지 못했다. 나도 굳이 그 사실을 드러내지 않았다. 친구들은 여전히 나를 지나가는 사람3 같은 존재로 인식했고, 여전히 다른 사람으로 착각했다. 전보다 더 물끄러미 바라보는 사람이 늘긴 했지만, 어디서 많이 본 사람인데? 하는 표정으로 나를 지나쳐갔다. 나는 원래부터 그랬듯이 교실에 있어도 없는 존재처럼 하루하루를 이어 나갔다. 졸업만을 기다리며.

나를 협박하던 빨강 머리 3인방은 포커스아웃 보이와 나와의 상관관계를 눈치챘는지 접근하지 않았다. 내가 더 이상 그들의 비밀 병기로 쓰일 수 없다고 판단했는지도 모른다. 영민이의 예상대로 내 유명세가 어느 정도 보호막이 되어주었다. 우리는 포커스아웃 보이를 브랜드화해 유명해지는 데 성공했다.

하지만 포커스아웃 보이가 캐릭터로 살아 움직이기 시작하면서 나는 그림자를 잃어버린 사람처럼 되었다. 포커스아웃 보이의 인기가 올라갈수록 나는 '정진'으로 사는 것이 초라하게 느껴졌다. 포커스아웃 보이의 인기와 내 인기를 동일시할 수는 없었다. 인기 따위 연연하지 않는다고 생각했지만 사실은 그렇지 않았다. 나는 인기에 취했고, 사람들의 관심과 사랑을 받고 싶었으며, 사람들에게 웃음과 재미를 주고 싶었다.

나는 인정했다. 내가 포커스아웃 보이라고 운동장 한가운데에 서서 확성기에 대고 크게 외치고 싶다고. 그 관심과 사랑을 포커스아웃 보이 캐릭터가 아니라 내 것으로 만들고 싶다고.

 그러나 이런 내 마음과 달리 포커스아웃 보이의 캐릭터는 점점 더 나와 분리되어, 내가 감당할 수 있는 수준을 넘어섰다. 내가 좋아하는 진행자가 인터뷰하는 방송에서 출연 요청이 들어오고, 좋아하는 아이돌이 출연하는 예능 프로그램에서 섭외도 받았다. 나는 이 프로그램들에 몽땅 출연해 그들로부터 관심과 사랑을 받고 싶었다.

 하지만 모두 거절할 수밖에 없었다. 내가 포커스아웃 보이라는 가면을 벗었을 때 그 밑바탕의 얼굴 또한 포커스아웃 보이라는 사실이 밝혀질까 봐. 재미가 공포로 바뀌는 순간이 찾아올까 봐. 내가 진짜 나라는 사실이 사람들에게서 웃음을 잃게 할까 봐 무서웠기 때문이다. 나는 내가 드디어 외로움이라는 감정을 이해하게 되었다는 걸 알았다.

 포커스아웃 보이의 인기가 치솟자, 콘셉트를 따라 하는 계정이 생기고 이상한 루머도 돌기 시작했다. 특히나 황당했던 것은 「포커스아웃 보이의 실체」라는 콘텐츠였는데, 포커스아웃 보이의 범죄 현장을 모아놓은 영상이었다. 그 영상을 보고 처음에는 나도 내가 범죄를 저지른 적이 있었나 싶었다. 혹시 잃어버린 쌍둥이가 있는지 엄마 아빠한테 물어보기까지 했다.

마약 거래 현장을 찍은 CCTV 캡처 화면이며 보이스피싱 수거책이 돈을 찾아가는 장면까지, 다른 사람의 얼굴은 선명하게 보이는데 범인의 얼굴만 내 얼굴처럼 흐릿하게 찍혀 있었다. 몇 번 반복해 돌려보니 얼굴은 나처럼 흐릿했지만 체격이 나와 전혀 달랐다. 옷도 달랐고 한 번도 가본 적 없는 곳이었다. 무엇보다 나는 그런 일을 한 적이 없었다.

누군가 악의적으로 얼굴에 필터를 씌워서 흐릿하게 편집한 영상임이 틀림없었다. 그런데 그와 비슷한 사진과 영상을 증거랍시고 고발하는 콘텐츠가 지속적으로 올라오고, 사람들의 문의도 계속되는 데다 연일 내 실체를 알리겠다는 협박 메일이 끊이지 않자 몹시 피곤해졌다. 그 영상 속 인물이 내가 아니라고 증명하는 과정을 생각하는 것만으로도 골치가 아파왔다. 상대하기도 귀찮아서 내버려 두려고 했지만, 계속 신경이 쓰이고 억울하고 화가 났다. 그냥 다 그만두고 싶었다.

결국 우리는 채널을 접기로 했다. 영민이의 바람대로 더 이상 빨강 머리 3인방이 협박하지 않으니 원래 목표를 달성하기도 했고, 무엇보다 가장 큰 이유는 입시가 딱 1년밖에 남지 않아서였다. 입시가 가까워진다고 해서 내 삶이 딱히 달라질 건 없었지만, 영민이는 미술학원 입시반에서 쉬는 날도 없이 하루 종일 그림을 그려야 했다.

영민이는 나 혼자서라도 채널을 계속 꾸려가기를 바랐지만, 나는 포커스아웃 보이의 인기에 아무런 미련이 없었다. 아니, 솔직히 말하면 포커스아웃 보이의 인기가 너무 질투 나서 더 이상 감당이 되지 않았다. 포커스아웃 보이 캐릭터가 잘나갈수록 본체인 내 삶이 더 비참하게 느껴졌다. 그 인기는 처음부터 내 것이 아니고 앞으로도 내 것이 아닐 것이다. 나는 포커스아웃 보이 캐릭터와 이제 그만 헤어지고 싶었다.

우리는 인천국제공항으로 가서 포커스아웃 보이의 마지막 출국 영상을 촬영했다. 이제 미국으로 출국해 스마트폰 회사의 CEO를 만나 안면인식 기능의 미래에 관해 심도 깊은 논의를 하고, 그다음엔 중국으로 넘어가 시진핑을 만나고, 러시아로 가서 푸틴을 만난 다음, 마지막으로 사우디아라비아로 건너가 빈 살만을 만나 네옴시티의 보안에 관해 논의할 것이라고 말했다.

모든 일정은 보안상 비공개이며 당분간 업데이트가 어렵다고 알리는 영상으로 끝을 맺었다. 이제 더 이상 포커스아웃 보이 채널은 업로드가 없을 것이다.

4

 부모님의 버거 가게는 몇 달간 큰 변화를 겪었다. 망하기 직전까지 손님이 없다가 포커스아웃 보이 붐을 타고 손님들이 줄을 잇던 시기를 거쳐, 포커스아웃 보이가 사라지고 손님이 없던 원래대로 돌아갔다. 손님이 붐비는 동안 발길을 끊었던 단골들도 다시 오기 시작했다. 손님이 줄어들자, 부모님은 더 만족해하는 것 같았다. 아주 가끔 포커스아웃 보이 애기를 하는 손님이 있었지만, 옛날 버거 맛이 그리워 오는 손님들이 대부분이었다.

 부모님이 내 생일날 버거 가게에서 파티를 해주기로 해서 영민이와 유리 누나를 초대했다. 포커스아웃 보이의 생일 파티라면 콘서트홀을 빌릴 수도 있었겠지만, 그 친구는 이제 영원히 사라졌다. 내 생일 파티는 5인석이면 충분했다. 솔직히 나에게 소중한 다섯 명을 한자리에 모으는 것도 긴장되는 일이었다. 특히 유리 누나와 영민이가 처음 대화하는 자리라 신경이 쓰였다. 영민이는 외향성이라 어느 자리에서든 누구와도 잘 어울리지만, 유리 누나가 걱정이었다. 나는 약속 시간 훨씬 전에 유리 누나네 집 앞으로 찾아가 누나를 늦지 않게 데리고 가게로 왔다.

누나는 필름 카메라를 가지고 와서 대화하는 틈틈이 사진을 찍었다. 유리 누나와는 늘 단둘이 만났기에 다른 사람들과 어울리는 자리에서도 대화가 잘 통할지 궁금했는데, 내가 있어서인지 누나의 목소리는 0.1초도 늦지 않고 정확히 도착했다.

영민이는 유리 누나와 처음부터 말이 잘 통했다. 둘의 취향이 비슷하다는 사실을 뒤늦게 깨달았다. 나는 그림에도 사진에도 관심이 없고 책도 읽지 않지만, 둘은 책도 음악도 그림도 사진도 애니메이션도 좋아했다. 둘은 좋아하는 것에 대해 끝도 없이 대화를 나누었다.

나는 아는 게 없어서 끼어들 수가 없었다. 내가 가장 좋아하는 친구 두 명이 잘 맞는다는 사실이 기쁘기도 했지만, 솔직히 질투가 났다. 이들이 대화를 나눌 수 있는 건 내가 있기 때문인데, 나는 단지 목소리 속도 조절자로서만 존재하고 진실한 대화는 둘이 나누는 것만 같았다. 두 사람은 한참 좋아하는 것들에 대해 떠들다가 입시 이야기로 주제가 옮겨갔다. 나는 어디에도 끼어들지 못하고 둘 사이를 겉돌았다.

그때 출입문 근처에 누가 서 있는 것이 보였다. 오늘은 가게 휴무일인데 출입문에 붙은 안내 공지를 못 본 것 같았다. 쉬는 날이라고 말하러 나갔는데, 그 사람은 다가오는 나를 보더니 후다닥 사라졌다.

다시 자리로 돌아왔을 때 영민이가 말했다.

"진이 너 너무해. 너, 내 소원이 뭔지 알지?"

"여자 친구 생기는 거?"

"아니, 네 얼굴 그리는 게 소원이라고 말했잖아. 네 얼굴이 내 인생 최대의 미스터리라고."

"응."

"유리 누나는 네 얼굴 봤다며?"

"응."

"네가 유리 누나가 늦지 않게 조절해주는 거라며?"

"응."

배신감을 느꼈다. 나한테는 그토록 소중한 비밀이 유리 누나에게는 처음 만난 영민이에게 털어놓을 만큼 별것 아닌 것 같아서. 내가 그러거나 말거나 영민이는 가방에서 스케치북과 연필을 꺼내 유리 누나 앞에 내밀었다.

"궁금해 미치겠어. 대신 좀 그려줘."

"나 그림 못 그리는데……"

누나는 툴툴거리면서도 연필을 들고 내 얼굴과 스케치북을 번갈아 쳐다보면서 정성껏 그렸다. 그냥 하는 말이 아니라 유리 누나는 유치원생 수준으로 정말 못 그려서 영민이가 더 큰 한숨을 쉬게 했다. 그때 부모님이 주방에서 과일을 가지고 나왔다.

영민이가 말했다.

"두 분은 알고 계셨어요? 유리 누나는 진이 얼굴 볼 수 있는 거?"

"진이 얼굴이 아직 로딩 중 아니었어?"

아빠가 놀라서 말했다. 엄마는 할 말을 잊은 듯 유리 누나를 쳐다보았다.

그 순간, 엄마 아빠는 무슨 생각을 했을까? 너무 속상하지 않았길 바라는 수밖에 없었다. 부모님께 그 사실을 먼저 말해야 했는데 다른 사람의 입을 통해 듣게 하다니. 유리 누나와 둘만의 비밀이랍시고 두 분을 속이고 있었다는 사실에 죄책감이 들었다.

"그럼 진이 얼굴이 문제가 아니라 100퍼센트 로딩된 진이 얼굴을 못 보는 우리 눈이 문제네."

엄마가 말했다.

"다행이다. 나는 우리가 벌 받았다고 생각했어. 게임을 하면서 버퍼링 걸릴 때마다 로딩이 왜 이리 늦냐고 욕을 많이 했거든. 그래서 그 업보로 진이 얼굴이 계속 로딩 중이라고만 생각했지 뭐야. 아, 진이 얼굴은 벌 받은 게 아니지만."

아빠가 말했다.

벌을 대신 받았다니. 엄마 아빠는 단 한 번도 내 앞에서 그런 얘길 꺼낸 적이 없었기에 무척 당황스러웠다. 얼굴이 딱딱하게 굳는 것 같았다.

엄마가 아빠의 등을 한 대 쳤다. 입 다물라는 뜻이다. 그리고 아빠의 옷을 뒤에서 잡아끌었다. 주방으로 사라지라는 뜻이다.

"레모네이드 가져올까?"

아빠가 말하며 머쓱한 표정으로 주방으로 들어갔다.

"우리 진이 얼굴 그린 거네? 그런데 진이는 코가 더 오뚝하지. 눈 사이가 조금 더 멀고. 입술은 더 두껍고."

엄마가 유리 누나의 그림을 들고 말했다.

"어떻게 아세요?"

영민이가 물었다. 엄마는 뒤에서 두 손으로 내 얼굴을 부드럽게 쓸며 말했다.

"안 보여도 이렇게 다 알지. 우리 진이 잘생긴 거."

나는 소리 내어 웃고 있었지만, 마음 한구석이 딱딱한 돌멩이처럼 굳은 것을 엄마는 손끝으로 다 읽었을 것이다.

"와! 그런 방법이 있었구나!"

영민이가 일어나 다가왔다. 엄마가 얼굴에 대고 있던 손을 떼자, 영민이가 앞에 앉아 내 얼굴의 이목구비를 조심스럽게 어루만지며 두 손에 담았다. 영민이의 손가락은 차가웠다.

"이런 방법이 있다는 거 왜 안 알려줬어?"

영민이가 야속하다는 듯이 말했다.

"네가 내 가족도 여자 친구도 아닌데 손으로 얼굴을 읽다니. 남사스럽잖아."

내가 대꾸했다.

"지금 그게 문제야? 내 일생일대의 미스터리가 풀리는 중인데?"

영민이는 감격한 것 같았다. 곧장 두 손으로 부드럽고 섬세하게 내 얼굴을 쓰다듬으면서 이목구비를 파악하더니 스케치북에 쓱쓱 얼굴을 그리기 시작했다. 그렇게 5분 만에 완성된 그림을 통해 나는 내 얼굴을 처음 보았다. 상상했던 것보다 훨씬 잘생겼다. 영민이가 미화해서 그려준 것 같았다. 엄마와 아빠를 반씩 닮은 모습이었다.

"사진으로 찍은 것 같아. 바로 이 얼굴이야."

그림을 보고 유리 누나가 확인해주었다. 부모님도 맞다고 고개를 끄덕였다. 그렇게 해서 나는 내 인생의 첫 초상화를 갖게 되었다. 그것도 두 장이나.

영민이가 물었다.

"누나는 집중하면 진이 얼굴이 보인다고 했지? 그러면 그때 나머지 세상은 어떻게 보여?"

"그땐 나머지 세상이 포커스아웃이지. 진이 얼굴만 보여."

나는 이때까지 그걸 물어볼 생각을 못 했었다. 왜 유리 누나는 그 사실을 얘기해주지 않았을까? 왜 그랬을까? 별다른 이유가 없었을까? 정말?

5

생일 케이크에 초를 열일곱 개 꽂고, 불을 붙이고, 소원을 빌면서 촛불을 끄는 것으로 생일 파티가 끝났다. 엄마 아빠가 영민이와 유리 누나를 차로 바래다주고 나는 혼자 남아 뒷정리를 했다. 모두가 떠난 가게에는 다정한 감정이 남아 있었다.

그때 목소리가 들렸다.

기다려준다고 약속해줘.

뒤늦게 도착한 유리 누나의 목소리였다. 유리 누나의 목소리가 이 공간에 뒤늦게 도착한다는 사실을 나는 끝까지 비밀에 부칠 것이다. 왠지 그래야만 할 것 같았다. 그 목소리의 수신인이 내가 아닐지도 모르니까. 그 사실을 알리고 나면 더 이상 목소리가 나를 찾아오지 않을 것 같아서.

나는 그 목소리를 따라 속으로 되뇌었다. 기다려준다고 약속해줘. 기다려준다고 약속해줘. 누나의 목소리지만 내가 하고 싶은 말이었다.

가게 정리를 마치고 쓰레기를 버리러 나가는데, 가게 옆 골목에서 누군가가 나를 주시하고 있는 것 같은 기분이 들었다. 돌아봤지만 평상시처럼 사람들이 오가고 있었다. 쓰레기를 버리고 가게로 들어가는 나를 부르는 목소리가 났다.

"포커스아웃 보이?"

나는 뒤를 돌아보았다. 키가 작고 통통한 체형의 남자가 서 있었다. 낯선 남자라고 해야 할지, 아는 남자라고 해야 할지 모르겠다. 그 남자의 얼굴은 내가 아는 얼굴이었다. 아침마다 거울에서 만나는 그 흐릿한 얼굴. 그는 포커스아웃 보이였다.

"포커스아웃 보이, 얘기 좀 합시다."

언젠가 도플갱어 얘기를 들은 적이 있다. 세상 어딘가에는 나와 완전히 똑같은 도플갱어가 존재하는데, 우연히 맞닥뜨리게 되면 둘 중 하나는 죽는다고. 그 말을 믿지는 않지만, 나와 똑같이 흐릿한 얼굴을 가진 사람이 내 앞에 앉아 있었다. 한 가지 다행인 점은, 도플갱어라고 하기에 그는 체형이 나와 완전히 달랐다. 나보다 키가 작고 통통한 편에, 무엇보다 머리숱이 적었고 나이도 부모님보다 많아 보였다. 우리는 반만 도플갱어니까 혹시 내가 죽는다고 해도 반만 죽지 않을까.

언젠가 나와 똑같은 사람을 만나게 되면 묻고 싶은 게 참 많았다. 그런데 막상 그 순간이 닥치자 머릿속이 새하얘져서 아무 생각도 나지 않았다. 그러면서 이유 없이 화가 났는데 그 감정은 사실 외로움의 다른 버전이라는 것을 곧 깨달았다. 나와 똑같은 사람을 마주 보고 앉았을 때 이상하게도 그 어떤 순간보다 외로웠다.

그가 먼저 말을 꺼냈다.

"다행히 아직 출국 안 했네. 시진핑 주석을 만나러 갔을까 봐 걱정했어."

"아, 포커스아웃 보이의 은퇴 인사 말하는 거죠. 그걸 진짜로 믿는 사람도 있구나. 당연히 농담이죠. 우리 담임 샘도 내가 반에 있는 걸 종종 까먹는데 시진핑이 내 존재를 알 리가 있나요?"

"아직 그들이 안 찾아왔어? 아마 그놈들은 알고 있을 거야."

"누가 찾아와요?"

"절대로 따라가면 안 돼. 연구소에 들어가면 나올 수가 없어. 나처럼 평생 도망치며 살아야 해."

"너무 갑작스러운 이야기를 하시네요. 유튜브를 너무 많이 보신 거 아니에요? 포커스아웃 보이 채널은 그냥 콘셉트예요."

"베이징에 있는 트루 페이스 리서치 인스티튜트. 안면인식 보안연구소 말하는 거야."

"그 농담을 어떻게 알고 계시죠? 혹시 빨강 머리 3인방과 같은 조직이에요?"

"준섭, 예리, 우현을 알고 있어?"

"같은 학교예요. 저를 협박했고요. 걔네가 보냈어요?"

"아니야, 나는 너를 도우려고 왔어. 절대로 안면인식 보안연구소에 가면 안 돼."

너무 난감했다. 유튜브에서 음모론 영상을 너무 많이 봐서 가상 세계와 실제 세계를 헷갈려 하는 사람들이 있다는 얘기는 들은 적이 있다. 또 콘셉트 놀이에 빠진 덕후들에 대한 얘기도 들은 적이 있다. 그런데 이 사람이 전자인지 후자인지, 내가 어느 장단에 맞춰야 하는지 알 수가 없었다. 무엇보다 이 사람의 흐릿한 얼굴이 진짜인지, 가면인지가 궁금했다. 분장으로 만든 가짜라면 너무 소름 끼칠 것 같았다. 이거야말로 경찰에 신고해야 하는 일 아닌가, 한참을 고민했다.

그런데 나를 놀리거나 괴롭히려고 온 사람처럼 보이지는 않았다. 그는 진심으로 나를 걱정하고 있었다. 표정은 안 보이지만 목소리 톤이 진지했고, 진실한 마음이 전해졌다. 하지만 그 진실한 마음으로 이해할 수 없는 말들을 하고 있었다. 나는 이 모든 것이 상황극이라고 생각하고 그에게 장단을 맞췄다.

"안면인식 보안연구소에 가면 왜 안 돼요? 이유를 말씀해주셔야죠. 무작정 가지 말라고 하면 신뢰가 안 가잖아요."

"나도 가본 건 아냐. 그런데 연구소에서 도망 나온 사람들의 고발 영상을 봤어. 사람을 가둬놓고 실험한대. 최고의 보안 방법을 찾기 위해서. 베이징, LA, 파리, 런던에 있대. 높은 담으로 둘러싸인 감옥 같은 곳이래."

"그게 말이 돼요? 이 얼굴로는 스마트폰 안면인식 기능을 아예 못 쓰는 거 아시잖아요?"

"그건 그래…… 그렇지만 그렇다고 들었어. 그 고발 영상에서 말이지. 우리를 잡아가려고 찾아다니는 사람이 있다고. 실험에 쓰려고 말이야."

"저한테 그 이야기해주려고 오신 거예요? 걱정해주셔서 감사해요."

"나는 사는 게 너무 힘들었거든. 제대로 된 증명사진 하나 못 찍어서 사회에서 정상적인 구성원으로 살아갈 수가 없었어. 주민등록증도 못 만들고, 여권도 못 만들고. 신분증이 필요한 제대로 된 일자리를 가질 수가 없었어. 그래서 내 재능이 귀하게 쓰이는 곳이 있다는 얘기를 들었을 때 따라갈 수밖에 없었어. 선택의 여지가 없었거든."

"어디로 따라가셨는데요?"

그는 말할 수 없다는 듯이 집게손가락을 다문 입 가운데에 갖다 댔다.

"모르는 게 나아. 아무튼 연구소는 절대로 가지 마. 혹시 네 재능이 귀하게 쓰이는 곳이 있다고 해도 따라가지 마. 그 말을 하러 왔어."

"그러니까 이유가 뭐냐고요. 만약 저한테 다른 선택지가 없다면요? 저도 똑같이 제대로 된 증명사진 한 장 없고, 대학 입학이나 취직이 안 된다면 달리 살아갈 방법이 없잖아요……"

"네 채널을 우연히 보게 됐어. 그게 가상의 콘셉트가 아니라는 걸 알았지. 진짜 나와 같은 사람이라는 걸 알아볼 수 있었어. 버거 가게 영상을 보고 여길 찾아온 거야. 혹시 너를 만날 수 있을까 싶어서. 너는 나와 달라. 너는 유명한 '포커스아웃 보이'가 되었으니까 그냥 그렇게 살면 돼."

"포커스아웃 보이는 은퇴했어요. 걔는 끝났어요. 그건 그냥 가상의 콘셉트일 뿐이에요. 남들도 그렇게 믿고 있고요."

"그 가상 캐릭터에 그림자처럼 빌붙어 살아. 네가 세상에 발붙이고 사는 방법은 그 길밖에는 없어."

"그런 무서운 얘기를 어쩌면 아무렇지 않게 해요?"

"네가 나니까."

그의 말이 너무 슬프게 들렸다.

"근데 왜 어떤 사람들 눈에는 내가 보이나요?"

"그건 또 무슨 얘기인지 모르겠네. 어쨌든 내가 할 말은 다 했어. 지금 도망 중이어서 오래 있을 수가 없어. 누가 나에 관해 물어보면 모른다고, 본 적 없다고 해."

그가 가게를 떠나고 나서도 그의 무거운 그림자는 앉은자리에 남아 있는 것 같았다. 나는 그 그림자와 함께 한참 동안 머물러 있었다.

그때 유리 누나의 목소리가 들렸다.

너는 나야.

포커스아웃 보이가 슬프게 말했던 "네가 나니까"를 산뜻하고 포근하게 덮어 새 옷을 입혀주는 것 같은 유리 누나의 목소리였다. 그 말이 들썩이는 내 마음을 가라앉혀주었다. 유리 누나가 그 말을 어떤 상황에, 누구에게 했는지는 모르지만, 그 말의 수신인이 나는 아니겠지만, 그 목소리는 정확한 순간에 도착해서 내 마음을 따뜻하게 어루만져주었다.

나는 그 말의 주인이 되고 싶었다. 그 말의 수신인이 나이기를 바랐다. 하지만 아니라는 걸 알고 있었다. 나는 남의 편지를 허락도 없이 계속 받고 있었다. 그리고 그 사실을 목소리의 주인에게 숨기고 있었다.

'나는 비겁한 사람이야. 이해받지 못하는 사람이고. 그래서 외로운 사람이야.'

나는 고백했다. 가게 밖 건너편에 서 있는 한결같은 나무에게. 나는 그 어느 때보다 제때 도착한 유리 누나의 목소리에 대답했다.

"너는 나야. 나는 너고."

그리고 일어나 가게 문을 닫고 집으로 걸어갔다.

6

집에 도착하니 엄마 아빠는 드라마를 보고 있었다. 나는 부모님의 뒤통수에 굿나잇 인사를 하고 방으로 갔다. 침대에 누워 난생처음으로 갖게 된 두 장의 초상화를 들여다보았다. 이게 내 얼굴인데 이제까지 모르고 살아왔다는 사실이 이상했다.

그런데 다른 사람들은 본인의 얼굴을 정확히 알고 있을까? 거울이 없다고 가정했을 때, 자기 얼굴을 직접 볼 수 있는 사람은 세상에 없다. 내가 결코 볼 수 없는 것이 나를 대변한다고 여기며 살아간다는 사실이 참 이상했다. 다른 사람만이 볼 수 있는 내 얼굴을 나를 구성하는 가장 중요한 가치로 여긴다는 건, 인간에게는 내 얼굴을 봐주는 다른 사람들의 존재가 그만큼 중요하다는 뜻도 되겠지.

만약에 눈에 쓰는 고글형 AI 장치가 실용화되어 다들 스마트폰 대신 스마트고글을 쓰고 다니는 세상이 오면 어떻게 될까? 나라

먼 길에서 스쳐 지나가는 사람들을 딥페이크 기술을 이용해 내가 좋아하는 게임 캐릭터로 덮어쓸 것 같다. 집 앞 골목도 숲길로 바꾸고, 빌딩은 커다란 나무로 바꾸고, 자동차도 「이웃집 토토로」에 나오는 고양이 버스로 보이게끔 바꿀 것이다. 다른 사람에게 해를 끼치지 않는다면 상관없지 않을까? 내가 좋아하는 것들로 가득 찬 세상을 마다할 사람이 있을까? 내가 세상을 보는 게 아니라 내가 보는 대로 세상이 존재할 수 있도록 기술 구현이 가능하다면, 그때도 여전히 어떻게 생겼는지가 중요할까?

만약 그런 세상이 온다면, 사람들은 자신의 얼굴이 어떻게 보이는지에 대해 지금보다는 무감각해질지도 모른다. 그렇다면 나 같은 흐릿한 얼굴이 살아가기에 꽤 괜찮은 세상일지도 모른다. 그런 세상이 올 때까지 일단 잘 살아남자고 다짐해보았다.

다음 날 나는 영민이에게 포커스아웃 보이를 만난 얘기를 했다. 음모론 영상을 너무 많이 봐서 현실과 가상 세계를 구분 못 하는 사람이거나 지독한 콘셉트 추종자이거나, 둘 중 하나 같은데 마음만은 진실하게 느껴졌다는 소개를 덧붙였다. 나한테 해를 끼칠 의도는 없어 보였지만 두 번 다시 만나고 싶지는 않았다.

영민이는 생각이 단순 명료해서 좋은 해결책을 떠올릴 때가 많다. 나는 그와 반대로 고민이 고민을 불러오면서 유일한 해결책이 지구를 폭파하는 것이 될 때까지 문제를 키운다.

영민이가 한참 고민하다가 말했다.

"그런 연구소가 실제로 있는지는 중요하지 않아. 믿기도 어렵고. 우리한테 중요한 건, 그 사람은 증명사진이 없어서 제대로 된 일자리를 구하지 못해 그런 선택을 했다고 말했다는 거야."

"그렇게 보면 그게 핵심이긴 하네."

"그러면 너는 증명사진을 만들면 되잖아. 간단해."

"증명사진이 안 찍히잖아."

"야, 요즘 누가 증명사진을 찍어. 다 그려서 만들어. 너 초상화도 있잖아. 내가 사진처럼 똑같이 그려줄게."

내가 못 믿겠다는 표정을 짓자, 비록 표정을 보지는 못했지만 내 감정 상태를 읽은 것마냥 영민이는 나를 교실 뒤로 데리고 갔다. 교실 뒤쪽 게시판의 학급 구성표에는 반 애들 증명사진이 주르륵 붙어 있었다. 정말 다들 너무 예쁘고 잘생겼다. 내가 아는 애들이 맞는지 의심이 들었다. 내 자리는 비어 있었다. 사진을 제출하지 않았으니까.

"어때? 네 증명사진을 만들어도 되겠지? 얼굴이란 게 그런 거야. 사람의 얼굴은 계속 바뀌잖아. 그림을 그려보면 한 사람이 정말 다양한 얼굴을 가지고 있거든. 감정에 따라, 컨디션에 따라, 보는 각도에 따라, 또 그 얼굴을 보는 내 감정 상태에 따라 얼굴이 계속 바뀌어. 그렇게 다른 얼굴들이 전부 한 사람의 얼굴이야. 한 사람은 여러 개의 얼굴을 가지고 있어. 그런데 사람들은 자신의 얼굴이 하나라고 생각해. 그러니까 모든 사람의 마음속엔 각자 자신이 이상처럼 품고 있는 진짜 얼굴이 하나씩 있어. 그렇게 자신이 정한 얼굴이 진짜 얼굴이 되는 거야."

영민이는 패드를 켜서 자신의 SNS 계정을 보여주었다. 잘생기게 나온 사진뿐이었지만, 어쨌든 다 내가 아는 영민이의 얼굴이었다.

"이게 내 얼굴이라고. 내가 선택한 얼굴이니까 나는 이렇게 생긴 사람인 거야. 물론 다 잘생기게 나온 각도에서 찍은 사진들뿐이지만, 그런 사진만 선택한다고 해서 불법은 아니잖아. 나도 어떨 땐 이렇게 잘생겨 보인다고. 어쨌든 다 나야. 맞지?"

영민이는 이어서 수빈이와 예슬이의 SNS 계정도 보여줬다.

"수빈이는 필터를 써서 얼굴을 보정했지. 그래도 수빈이인 걸 우리가 알아보잖아. 이게 본인의 얼굴이라고 믿으면 그게 수빈이 얼굴이야. 그냥 심플하게 생각해. 내가 내 얼굴이라고 믿는 게 내 얼굴이야. 우리는 각자 수많은 얼굴이 있는데, 그중에서 마음에 안 드는 못생긴 얼굴만 골라서 내 얼굴이라고 믿는 것보단 예쁘게 나온 얼굴이 내 얼굴이라고 믿고 사는 게 낫지 않아?

어차피 다 내 얼굴인데. 그런 면에서 미화된 증명사진은 불법이 아니야. 나와 닮은 구석이 조금이라도 있으면 내 얼굴이야. 그러기로 사회가 합의한 거야. 그러니까 너도 증명사진을 그리면 돼. 네 얼굴이 로딩 중이라고 해도, 너와 조금이라도 닮은 점이 있으면 네 얼굴이 되는 거야. 그렇지?"

"말이 되는 것 같기도 하고 안 되는 것 같기도 하고. 근데 그걸로 수능 원서를 낼 수 있을까?"

"통하는지 안 통하는지 일단 시도해보자. 초상화 줘봐. 증명사진을 만들어볼게. 너 주민등록증도 만들어야 하잖아."

이게 영민이의 멋진 점이다. 영민이는 생각이 단순해서 문제도 단순하게 만들고 해결책도 단순 명쾌하다. 그리고 일단 몸을 움직여서 뭐라도 시도를 해본다.

영민이는 다음 날 바로 초상화를 참고해 내 흐릿한 증명사진 위에 포토샵으로 얼굴을 그려 왔다. 나는 그 사진을 용지에 출력해 주민센터에 가서 주민등록증 발급 신청서와 함께 제출했다.

담당 직원은 증명사진과 내 얼굴을 번갈아 쳐다보더니 한숨을 크게 쉰 다음 서류를 접수해주었다. 미리 등록된 미아 방지 어린이 지문과 내 지문이 정확히 일치해서 의심할 여지 없이 내가 정진이었다. 그리고 며칠 뒤에 주민등록증이 정식으로 발급되었다.

나는 세상이 생각보다 허술하다는 것에 충격받았다. 오랫동안 아무한테도 말 못 하고 혼자 앓던 고민이 이렇게 쉽게 해결될 줄이야. 세상이 이렇게 허술하다면 도망치지 않고 한번 살아볼 만하다는 생각이 들었다. 그걸 알게 해준 영민이에게 고마웠다.

나는 주민등록증을 자랑하며 말했다.

"고마워. 네 덕분에 산에서 혼자 자유인처럼 살지 않아도 될 것 같아."

"진작에 얘기를 하지. 왜 혼자서 고민했어. 너 벌레 싫어하는데 어떻게 산에서 혼자 사냐?"

"세스코 부르려고 했지."

"야, 그러다가 세스코 직원이랑 정들어서 사귄다."

영민이랑 기분 좋게 웃었지만, 갑자기 내 세계가 무한대로 커진 것만 같아 금세 불안이 몰려왔다.

"이제 어떡하지?"

"뭘 어떻게 해?"

"주민등록증이 나올 거라고 생각해본 적이 없어서 혼란스러워. 앞으로 어떻게 살아야 할지 너무 막막해."

"네 앞에 갑자기 펼쳐진 세상이 너무나 넓어서 그 많은 가능성이 무서워진 거야?"

"응. 나만 그런가?"

"남들도 다 그래. 매일매일이 두렵고 무섭지. 너 만약에 대학에 간다면 무슨 공부하고 싶어?"

"생각해본 적 없어. 그게 가능하다는 생각을 안 해봐서……"

"잘하는 거나 좋아하는 거 없어?"

"그런 거 없어…… 도서관은 좋아해. 도서관 사서가 되고 싶다는 생각은 해본 적 있어."

"너 책 안 읽잖아?"

"그렇지. 안 읽지. 그런데 책 냄새 맡는 건 좋아해."

"음, 그것도 책을 좋아하는 거니까. 그러면 문헌정보학과에 가서 사서 자격증 따면 되겠다."

"지금부터 공부하면 될까?"

"안 될 이유는 없다고 생각해. 오늘부터 시작해."

"응."

영민이의 얼굴에 기쁜 표정이 떠올랐다가 갑자기 살짝 굳었다. 영민이가 말했다.

"참, 진아. 너한테 한 가지 물어볼 게 있어."

"뭔데?"

"저번에 내가 조르조 데 키리코와 에셔 전시회에 가자고 했을 때 너는 관심 없다고 했잖아. 대신 유리 누나랑 같이 가도 될까? 우리 둘이서?"

"그건 유리 누나한테 물어봐야지."

"그렇지?"

"나한테 왜 물어보냐? 내가 유리 누나랑 사귀는 것도 아니고."

"그래, 고마워."

이게 영민이의 멋진 점이면서 무서운 점이다. 영민이는 단순해서 문제를 간단하게 만들 줄 안다. 내 문제도 간단하게 만들어서 쉽게 풀어준다. 그런데 문제는, 내가 문제 그 자체인 경우다. 나도 쉽게 제거된다. 하지만 나는 두 사람이 내 도움 없이는 제시간에 만날 수 없을 것이라는 사실에 약간 안도했다. 영민이한테는 미안하지만 솔직히 그랬다. 재능 많은 영민이가 가지지 못한 나만의 특별한 재능이 있었다.

7

토요일에 유리 누나는 도서관에 오지 않았다. 늘 옆에 있던 사람이 없으니 허전해서 집중이 잘되지 않았다. 영민이에게 책을 좋아해서 사서가 되고 싶다고 했는데 그 말을 수정해야 할 것 같다. 나는 책이 아니라 도서관을 좋아한다. 그리고 그냥 도서관이 아니라 유리 누나가 있는 도서관을 좋아한다.

유리 누나가 없는 도서관에서는 집중이 되지 않아 참고서를 챙겨 버거 가게로 갔다. 가게는 여전히 한가했다. 테이블 하나를 차지하고 앉아 책을 펼쳤다. 증명사진을 만든 이후로 본격적으로 공부를 시작했다. 목표가 생기니까 공부할 이유가 생겼다. 생전 처음으로 공부를 해보니 왜 그동안 안 했나 싶을 정도로 외우는 것을 잘했다. 내 머리가 17년 동안 텅텅 비어 있어서 잘 채워지나 보다.

엄마 아빠가 퇴근한 이후에도 혼자 가게에 남아 공부를 계속했다. 혹시 가게에 혼자 있으면 늦게 도착한 유리 누나의 목소리가 들려오지 않을까 기대하면서. 하지만 아무런 목소리도 들리지 않았다. 공간은 늘 침묵하지만, 오늘따라 그 침묵이 허전했다. 허전해서 혼자서 뭐라도 떠들고 싶었다.

나는 어쩌면 듣기보다 질문하고 싶었는지도 모른다. 내 마음을 나도 잘 모르겠기에 질문하고 싶었다. 누구에게든, 빈 공간이나 나무에게라도. 지금 내 마음 상태가 걱정인지 기대인지 불안인지 두려움인지, 누가 대신 좀 대답해주면 좋겠다고 생각했다.

나는 유리 누나가 전시회에 가는 대신 도서관에서 함께 공부하기를 기대하면서도, 영민이와 누나가 무사히 만나 즐겁게 보내기를 바랐다. 유리 누나가 전시회에 늦지 않고 제때 도착할는지 걱정이 되면서도, 영민이가 전화해 제발 좀 와달라고 부탁하기를 기대하는 마음도 들었다. 둘 다 나의 바람이었다.

나는 진짜 내 마음이 무엇인지 혼란스러웠다. 나는 나와 영민이와 유리 누나, 모두의 행복을 바랐다. 진정으로 바랐다. 이 행복이 서로 충돌하지 않고 영원하길 바랐다.

이런 혼란한 마음을 알았는지 밤늦게 영민이에게 전화가 왔다.

"혹시 네가 궁금해할까 싶어서 전화했어."

"뭐가?"

"나 오늘 유리 누나랑 전시회 가기로 했잖아. 누나가 늦지 않게 도착했는지 궁금하지, 그렇지?"

"만났어?"

"전시회가 오전 10시부터 오후 6시까지인데, 유리 누나한테 금요일 오후 6시에 만나자고 했어. 알았다며 웃더라. 금요일 오후 6시까지 가도록 노력하겠다고. 그리고 나는 토요일 오전 10시 오픈부터 가서 기다렸지. 그랬더니 유리 누나가 오전 11시쯤 왔어. 유리 누나가 말하길, 마음속으로 금요일 오후 6시까지 가겠다고 다짐했더니 토요일 오전 11시에 도착했대. 그래서 점심도 같이 먹고 전시도 여유롭게 관람했어. 누나 목소리가 늦게 도착하니까 내가 주로 떠들고 누나는 고개를 끄덕이고. 가끔 종이에 글로 써서 대화하고. 또 내가 몇 가지 대답을 예상해서 미리 문장 카드를 만들어 갔거든. 누나가 대답하기 쉽게."

"너 진짜……"

"진짜 뭐?"

"멋지다고."

"나도 알아."

"영민아, 고마워."

"고맙다니? 뭐가?"

"그냥 다. 이것저것 다. 잘 자라. 나 이제 공부할게."

"그래. 내일모레 학교에서 보자."

전화를 끊고 책을 보는데 공부가 될 리가 없었다. 나는 의자를 옮겨서 유리 누나가 처음 가게에 온 날처럼 나무가 바라다보이는 자리에 앉았다. 나무랑 오래 대화했다는 유리 누나의 마음을 조금은 알 것 같기도 했다.

그 마음을 외로움이라고 부를 수도 있겠지만 그보다 조금 더 복잡한 마음이었다. 이 감정에서 외로움이 차지하는 비중은 버거에 들어가는 소스 정도다. 버거에는 소스 말고도 빵과 패티와 채소가 있다. 그런데 나는 아직 그 감정들에 이름 붙이는 법을 배우지 못했다. 적당히 잘 조리해서 조합하는 방법도 익히지 못했다.

다음 날 유리 누나는 도서관에 왔고, 우리는 여느 때처럼 하루 종일 앉아서 공부했다. 나는 전시회에 관해서는 묻지 않았다. 그 다음 날도 방과 후 도서관에 앉아 마주 보고 공부했다.

중국 유학을 준비하는 유리 누나는 자격시험과 어학 시험을 봐야 했는데 어학 시험 치르는 날이 며칠 남지 않았다. 이전에도 시험이 있었지만, 번번이 늦는 바람에 시험을 못 봤다고 했다. 이번 시험 결과가 나와야 내년도 입학 서류를 제때 접수할 수 있었다.

이번에는 내가 시험장까지 같이 가주기로 했다. 마침 시험 장소가 우리 학교였다. 누나는 준비를 많이 했으니까 내 도움으로 늦지 않게 시험장에 들어가기만 하면 틀림없이 좋은 점수가 나올 것이다.

우리는 도서관 옥상 휴게 공간에 놓여 있는 자판기에서 핫초코를 뽑아 들고 수다를 떨면서 쉬었다.

"우리가 진작에 만났더라면 누나가 시험에 안 늦었을 텐데…… 이제야 만나서 아쉬워."

"이제야 만나서 아쉬운 게 아니지. 내가 늦었기 때문에 너를 만난 거야. 도서관 자원봉사 신청 기간을 놓치는 바람에 너를 만나게 된 거잖아. 유급했으니까 아직 학교에 다니는 거고. 내가 늦지 않았더라면 이미 3년 전에 떠났겠지. 아빠를 따라갈 기회가 있었는데 그날도 늦어서 못 갔거든."

"더 일찍 떠나려고 했던 거야?"

"응. 같이 가야 했어. 부모님이 이혼하셔서 아빠랑 살기로 선택했거든. 그 카페에서 만나기로 했는데 내가 늦는 바람에 아빠 혼자 떠났어. 나중엔 연구소 보안 문제로 한국에 돌아올 수 없어서 아빠를 만나지 못했어. 그래서 내가 가려는 거야."

"연구소에서 일하셔?"

"응. 보안이 철저한 곳이라서 연락도 제대로 못 해. 이메일로 연락을 주고받는데 중간에 보안 절차를 거쳐야 해. 통화할 때도 마찬가지야."

"유학 가면 아빠를 만날 수 있긴 한 거야?"

"모르겠어. 연구소를 떠나지 못하는 것 같아. 하지만 어떻게 해서든 다시 만날 거야. 보안 관련 학과로 진학하니까 열심히 공부해서 아빠가 계신 연구소에 취직할 거야."

"나는 여권을 못 만들고 안면인식 검색기도 통과 못 하니까 베이징엔 갈 수 없는데…… 그럼 우리 앞으로 못 만나겠네. 내가 없어도 괜찮겠어?"

"네가 없으면…… 심심하긴 하겠지만……"

"심심하긴 하겠지만?"

"심심하고 또 계속 늦을 테지. 시차 없이 대화할 수 있는 사람도 없을 테고. 괜찮아, 그런 생활에 익숙해. 평생 네 도움을 받으며 살 수는 없잖아."

"평생 도움받아도 괜찮아."

"결혼식에도 같이 가달라고 할 순 없잖아. 신혼여행에도 같이 가줄 거야?"

"같이 가줄게. 결혼식이든 신혼여행이든 장례식이든. 아, 장례식은 같이 못 가는구나."

나는 농담을 하고 웃었지만 유리 누나는 웃지 않았다.

"너한테 그럴 의무는 없어."

"의무가 아니라 누나한테 필요한 일이잖아. 내가 기뻐서 하는 일이야. 나는 누나를 도울 수 있어서 기뻐."

"진아."

"응?"

"내가 혹시 착각하는 걸 수도 있는데 이 말은 꼭 해야겠어. 일단, 네가 싫어서 하는 말은 아니야. 나는 네가 편하고 재밌어. 너랑 대화를 나누는 시간이 소중해. 그런데 그것과 별개로 네 도움이 있어야만 내 삶이 완전해지는 건 아니야.

불완전하면 또 어때? 무수히 많이 늦었기 때문에 오늘의 내가 있는 거잖아. 내가 늦었기 때문에 오늘 너와 함께 여기에서 공부하는 거고. 그러니 갈수록 무엇이 옳은지 판단 내리기 어렵다는 생각이 들어. 삶을 아주 멀리서 바라보았을 때는 오늘의 실패가 실패가 아닐 수도 있지 않을까 하는. 내가 그런 생활에 너무 익숙해져서 이런 생각을 하는 건지도 모르지만.

꼭 무언가를 이루려고 하기보다 일어나는 모든 일에 마음을 열고 가능성을 가늠해보고 싶어. 내 인생이 어떤 큰 그림을 그리고 있는지 지금의 나는 모르니까. 그건 포기와는 다르다고 생각해. 그렇게 생각하고 나니 마음이 무척 편해졌어. 나와 세상에 약간의 시차가 있을 수 있지만, 그 시차 때문에 어떤 면에서는 내 세계가 완전해질지도 모른다고 생각해. 그러니까 네가 그 틈을 억지로 메우려고 하지 않아도 돼. 그럴 필요도 없고. 나를 도와주는 건 고마워. 그런데 너무 애쓸 필요는 없어."

나는 아무런 대답도 할 수 없었다. 눈물이 끝없이 쏟아졌기 때문이다. 고백도 하기 전에 차인 기분이었다. 그 순간 내가 세상에서 가장 쓸모없는 인간같이 느껴졌다.

누나가 말했다.

"미안해, 진아. 울리려고 한 말은 아니었어."

나는 울면서 간신히 말했다.

"나도 내가 왜 우는지 모르겠어…… 그래도 시험 볼 때는 같이 가게 해줘."

"응, 나와 함께 가줘. 고마워."

다시 자리로 돌아와 문제집을 들여다봤지만 눈에 들어올 리가 없었다. 감정이 오락가락했다. 내 울음의 의미를 명확하게 파악하고 내 감정을 인정하는 게 어려웠다. 그러니까, 나는 누군가에게 특별한 사람, 누군가의 단 한 사람이 되고 싶었던 것 같다.

세상에서 나만이 할 수 있는 일로 대체 불가능한 특별한 사람. 한 사람의 인생을 좌지우지할 수 있는 특별한 열쇠를 쥐고 있다고 생각했는데, 막상 누나가 필요 없다고 말하는 순간 모든 자신감이 무너져 내렸다. 그 능력이 필요 없다면, 세상에 나만이 할 수 있는 특별한 일이란 게 도무지 떠오르지 않았다.

하지만 누나 말이 맞았다. 입장을 바꿔서 생각해봐도 그랬다. 나는 누나가 내 얼굴을 볼 수 있어서 기뻤지만, 그걸로 내 삶이 근본적으로 달라지지는 않았다. 누나가 나를 봐주지 않는다고 해서 내 삶이 부족해지는 것도 아니었다. 누나도 마찬가지일 것이다. 내 능력으로 누나의 삶을 완벽하게 만들어줄 수 있다는 건 착각에 불과했다. 나는 그냥 '특별한 사람'이 되고 싶었던 걸까, 아니면 '유리 누나에게 특별한 사람'이 되고 싶었던 걸까? 내 마음은 어느 쪽일까?

지구 위엔 제각기 다른 80억 명의 사람이 있다. 그중엔 언제나 얼굴이 흐릿한 사람도 있고 어떻게 해도 늦기 마련인 사람도 있을 것이다. 이런 사람이 있고 저런 사람도 있고 우리는 늘 그렇게 스쳐 지나다닌다. 잠시 눈이 마주치는 순간도 있겠지만, 각자의 길을 따라 우리는 그렇게 스쳐 지나간다.

8

 내 등수는 언제나 끝에서 1등이었는데, 공부를 시작한 지 한 달 만에 끝에서 15등으로 올랐다. 1등 하던 사람이 15등을 하는 건 큰 문제가 아니다. 어쨌든 한 사람한테만 문제가 되니까. 그런데 끝에서 1등 하던 사람이 15등이나 훌쩍 뛰는 건 문제가 된다. 갑자기 등수가 밀린 열네 명이 생기기 때문이다.

 내 기분 탓인지 모르겠지만 우리 반에 저런 애가 있었나? 하면서 나를 뚫어지게 쳐다보는 아이들이 갑자기 늘었다. 포커스아웃 보이로 온라인에서 몇만 명의 관심을 받는 건 괜찮았는데, 반에서 열네 명의 관심을 받는 것은 부담스러웠다. 괜히 미움받는 것 같기도 했다. 내 존재가 탄로 날까 봐 걱정도 됐다.

 나는 등수가 올라가는 게 슬슬 겁이 났다. 내 목표를 이루기 위한 노력의 과정에서 의도치 않게 다른 사람의 목표 달성과 인생 계획을 망칠 수도 있다는 것을 예상하지 못했다. 나의 등수 상승

이 누군가에겐 실패가 된다는 사실이 영 불편했다.

다들 그동안 이런 걸 어떻게 견디면서 살아온 걸까? 세상 이치가 원래 그런 건데 내가 너무 늦게 알게 된 걸까? 그동안 나는 세상에 대해 득도했다고 생각했는데 그것은 내 착각일 뿐, 나는 이전까지 세상을 전혀 몰랐고 그저 세상으로부터 도망치고 있었다는 걸 알게 되었다.

이런 경쟁 구도의 냉혹함 속에서 불편하고 혼란스러운 감정이 점점 자라나는데, 그 감정을 어떻게 다뤄야 할지 알 수가 없었다. 원래 성장한다는 건 그런 걸까? 이유 없이 세상에 대해 화가 나는 걸까? 이런 감정을 다루는 법을 왜 학교에서는 알려주지 않는 걸까? 이 불편함이 평생을 함께 가야 하는 동반자라는 사실을 왜 아무도 얘기해주지 않은 걸까? 나는 내가 새로운 세계로 진입했다는 걸 깨달았다.

주말에 치를 중국어 능력 시험을 위해 하교 전에 교실의 책상 배치를 바꾸라는 공지가 있었다. 중국어 능력 시험이라는 말을 듣자, 자동으로 유리 누나가 떠올랐다. 누나가 시험을 잘 봤으면 좋겠다는 생각은 곧 누나가 시험을 잘 봐야 한다로 바뀌었다. 오랫동안 준비했을 테지만 또 늦어서 시험 볼 기회조차 놓칠 수도 있었다. 내가 시험장 안까지 따라 들어갈 순 없으니까.

생각이 꼬리에 꼬리를 물고 나니 불안감이 엄습했다. 왜 누나를 떠올리면 어지러운 마음이 드는 걸까? 이번에도 시험을 못 봐서 실망하는 누나의 모습을 보고 싶지 않았다. 도울 수 있는 일이 있다면 돕고 싶었다. 그때 내 뇌리에 어떤 목소리가 떠올랐다.

'재능이 있는데 안 쓰는 건 인생 낭비잖아.'

그 말이 망치처럼 계속 내 머리를 두드렸다. 온몸이 쾅쾅 울렸다. 정신을 차리고 보니 교무실 앞이었다. 나도 모르게 다리가 저절로 움직였다.

교무실 안에는 몇몇 선생님이 앉아 있었다. 나는 시험지를 보관하는 캐비닛 앞에 섰다. CCTV가 바로 그 앞에 달려 있었다. 아직 시험지가 도착하지 않았는지 캐비닛은 텅 비어 있고 문은 활짝 열려 있었다. 나는 캐비닛 문고리에 열린 채 달린 번호 자물쇠의 네 자리 숫자를 외웠다. 그러는 동안 교무실에 있는 그 누구도 나를 신경 쓰지 않았다. 나만의 특별한 재능이 발휘되는 순간이었다. 재능은 감출 수 있는 것이 아니라고 들었다. 나는 머릿속에서 반복 재생되는 목소리를 변명처럼 되뇌며 교실로 돌아왔다.

'재능이 있는데 안 쓰는 건 인생 낭비잖아.'

교실로 돌아오니 그사이 책상 배치가 바뀌고 청소도 다 끝나 있었다. 종례가 끝났다. 바로 교문으로 달려가는 아이들과 운동장으로 몰려가 농구 하는 아이들로 시끌벅적했다.

나는 가방을 사물함에 집어넣고 운동장에서 뛰노는 아이들 사이를 배회했다. 교문으로 탑차가 들어오는 걸 보고 가까이 다가갔다. 수위 아저씨와 행정실 직원이 카트를 가져와 탑차에서 박스를 꺼내 옮기기 시작했다. 나는 교문 밖 편의점으로 가서 핫팩

하나를 사서 뜯고 주머니에 넣었다. 그리고 교무실로 갔다.

교무실에는 아무도 없었다. 시험지 보관용 캐비닛은 굳게 닫힌 채로 자물쇠가 걸려 있었다. 나는 아까 외웠던 번호 키로 자물쇠를 열었다. 안에는 밀봉한 서류봉투들이 들어 있었다. 하나를 빼서 핫팩을 밀봉 부위에 댔더니 풀이 쉽게 떨어졌다. 시험지 한 장을 빼낸 다음에 다시 넣고 자물쇠를 걸었다. 시험지를 접어 주머니에 넣은 다음 교무실에서 나오는데 수위 아저씨와 마주쳤다. 나는 가볍게 목례하고 교문을 빠져나와 도서관으로 곧장 갔다.

도서관에 도착해서야 긴장했는지 가방을 가져오지 않은 게 생각나 다시 학교로 가 가방을 챙겨 왔다. 다시 도서관에 도착했을 때 유리 누나는 책만 펴놓고 자리에 없었다. 나는 가져온 시험지의 제목 부분을 접어서 잘라냈다. 그리고 포스트잇에 메모를 써서 유리 누나의 책 사이에 끼워놓았다.

이거 중국어 능력 시험 예상 문제지래. 오늘은 이것만 풀고 일찍 자. 내일 아침 일찍 집으로 데리러 갈게.

누나가 올 때까지 기다렸다가 전해주면 되지만 누나의 눈을 똑바로 볼 자신이 없었다. 이걸로 내 마음이 충분히 전달되었길 바랐다.

나는 도망치듯 집으로 와서 밤새도록 게임을 했다. 시험장에 늦지 않도록 알람을 미리 맞춰두었다. 아침 일찍 알람이 울려서 씻고 준비하는데 문자 알림음이 도착했다.

   시험지 유출로 오늘 시험은 취소되었다는 문자를 받았어. 데리러 오지 않아도 돼.

   심장이 쿵쾅쿵쾅 뛰고 다리가 후들후들 떨렸다. 그제야 내가 범죄를 저질렀다는 자각이 들었다. 숨을 못 쉴 것처럼 공포가 몰려왔다. 죄를 짓는 것이 이렇게 몸으로 느껴지는 일인 줄 몰랐다. 절벽으로 뛰어내리는 것 같은 기분이었다.
   끝났다. 이걸로 내 인생은 끝났다. 죽을 만큼 창피했다. 나는 종교가 없지만 그 순간 신께 빌었다. 유리 누나는 잘못이 없고 모든 죄는 내가 지었으니 한 번만 봐달라고. 누나를 돕고 싶은 선한 마음에서 비롯된 일이니 이번만 봐달라고. 세상 사람들이 다 알아도 유리 누나가 내 죄를 영원히 모르게 해달라고.
   심장이 터질 것만 같아 밖으로 나가 걷기 시작했다. 목적지도 없이 무작정 걸어 다녔다. 생각보다 더 큰 일이라는 것이 비로소 실감되었다. 게다가 시험 결과가 나오는 날이 누나의 유학 원서 접수 마감일 이틀 전이어서, 이번 시험을 놓치면 접수를 못 한다는 얘기도 떠올랐다. 시험이 연기되면 결과도 늦게 나오니 원서 접수도 못 하게 될 것이다. 누나를 도우려던 의도였지만 누나는 또다시 늦어서 유학을 갈 수 없게 된다. 내가 있어서 늦지 않는 게 아니라 나 때문에 늦어서 실패하게 되었다.

창피한 일이었다. 엄마 말이 귓가를 울렸다. 재능이 있다고 해서 함부로 써서는 안 된다고. 해도 될 일과 하면 안 되는 일을 구분해야 한다고. 또 재능이 있는데 안 쓰는 건 인생 낭비라는 말도 떠올랐다. 어떻게 살아야 할지 알 수가 없었다. 이런 일은 예상하지 못했지만, 정말로 예상하지 못했을까? 시험지를 훔친 것은 정말로 유리 누나만을 위한 일이었을까? 내 마음 깊은 곳에서는 유리 누나가 시험을 치르지 못해 중국 유학에 실패하길 바랐던 것이 아닐까? 모르겠다. 정말 모르겠다. 혼란스러운 마음으로 걷고 또 걸었다.

도서관에 가니 유리 누나는 오늘도 나와서 공부하고 있었다. 나는 자료실 출입문 뒤에 숨어 멀리서 누나의 모습을 보고, 돌아나와 다시 걷고 또 걸었다. 갈 곳이 없었다. 찾아갈 사람도 없었다. 게임처럼 리셋 버튼이 있다면 되돌리고 싶었다. 삭제 버튼을 눌러 아예 없던 일로 만들고 싶었다. 내 잘못을 고백해야 한다는 건 알지만 누나의 눈을 똑바로 바라볼 자신이 없었다. 그 누구의 눈도 바라볼 자신이 없었다. 차라리 나를 감옥에 가둬서 엄마 아빠와 친구들이 나를 잊어버릴 때까지 숨어 있고 싶었다.

나는 경찰서로 갔다. 막상 입구에 서 있는 경찰을 보니 심장이 옥죄어들고 다리가 후들거렸다. 내가 떠는 모습만 봐도 범죄를 저질렀다는 걸 알아차릴 거란 생각에 두려움이 엄습했다. 자수하기도 전에 잡혀갈 것만 같았다.

나는 도망치듯 발걸음을 돌려 도서관으로 갔다. 하지만 안으로 들어가지 못하고 다시 나와서 와인을 훔쳤던 편의점 앞 야외 의자에 앉아 한참 동안 넋 놓고 있었다. 편의점에 오니 익숙한 죄책감이 되살아나 내 가슴을 찌르는 듯한 고통이 느껴졌다. 그 고통이 반가웠다. 내가 살아 있는 느낌이었다. 내가 마땅히 받아야 할 죗값이었다.

나는 지금이라도 잘못을 고백하고 용서를 구하고 싶었다. 그때 어물쩍 넘어갔기 때문에 이 지경에 이른 것이다. 와인을 돌려줬는데도 죄책감이 불러온 고통이 적지 않았는데, 이번에는 그 대가가 얼마나 클까? 이번 시험이 취소되면서 얼마나 많은 사람의 인생 계획이 틀어졌을까? 내가 한 행동이 일으킨 결과를 어떻게 감당할 수 있을까? 왜 저지르기 전에는 몰랐을까? 정말 유리 누나를 위한 선한 의도에서였을까?

정말 유리 누나를 위한다면 이런 짓을 해서는 안 됐다. 나는 내 존재를 과시하고 싶었던 거다. 설령 의도가 선했을지라도 내 행동에 대한 마땅한 대가를 치러야 한다. 나는 폭풍우가 몰아치듯 출렁거리는 마음을 애써 다잡으며 다시 경찰서로 한 걸음 한 걸음 다가갔다.

"무슨 일로 오셨어요?"

입구에 서 있던 경찰이 물었다.

"자수하려고요."

"자수요? 일단 신분증 주시고 1층 대기실로 가서 앉아 계세요."

나는 신분증을 내밀었다. 경찰은 신분증과 나를 번갈아 쳐다보았다.

"본인 맞아요?"

"네. 지문 조회해보세요."

경찰은 조회기에 내 지문을 찍었다. 나는 1층 대기실로 갔다. 대기실에는 서너 명이 앉아 있었다. 경찰서에 앉아 있으니 이상하게 마음이 차분해졌다.

나는 감옥에 들어가고 이제 내 인생은 끝장나겠지만 오히려 편안하게 느껴졌다. 늘 세상에서 내쳐진 기분으로 살아왔으니 이 감정이야말로 익숙한 내 고향이었다. 망해서 다행이었다. 다만 혼자만 망한 게 아니라 유리 누나의 인생까지 망친 것 같아서 마음이 저려왔다. 이번에도 유학에 실패할 누나를 생각하니 눈에 눈물이 맺혔다. 눈물을 뚝뚝 흘리고 있는데 경찰이 와서 나를 수사실로 데려갔다. CCTV가 달린 방이었다.

경찰이 노트북을 켜고서 말했다.

"모든 것은 녹음되고 녹화됩니다. 신원은 확인되었고요, 무슨 일로 오셨지요?"

"제가 시험지를 훔쳤어요."

"언제 어디서 어떤 시험지를 훔쳤나요? 함께한 사람이 있나요?"

"어제 오후, 학교에서 중국어 능력 시험지를 훔쳤어요. 오늘 시험은 취소되었고요. 혼자 했어요. 시킨 사람은 없습니다."

"아, 그 시험지 유출로 취소된 시험?"

갑자기 겁이 나고 심장이 두근거렸다. 무서워서 또 눈물이 왈칵 났다. 경찰이 책상 위에 있던 티슈를 내 쪽으로 밀었다.

나는 울면서 대답했다.

"맞아요. 그렇게 되었어요. 그래서 왔어요."

"정말이에요?"

"네."

"그 사건 관련자는 이미 다 잡혔는데. 브로커 일당 중 한 명이에요?"

"브로커요? 저한테 시킨 사람은 없고요, 단독 범행이에요."

경찰은 심각한 표정으로 노트북의 키보드를 두드렸다. 그리고선 답답하다는 듯이 손가락으로 책상을 톡톡 두드렸다.

"하, 이건 또 무슨 경우냐. 검거 다 끝난 사건인데. 우리 담당도 아니고. 어제 오후 학교에서 시험지를 훔쳤다고요? 뉴스 안 봤어요?"

"네. 뉴스 못 봤어요."

"아직 고2 학생이네?"

"네."

"아이고, 참 난감하네."

"저 혼자 계획하고 혼자 저지른 일이에요. 자수하면 감형되는 거 맞죠?"

경찰은 한숨을 크게 내쉬더니 노트북을 탁 닫으며 말했다.

"학생, 그냥 집에 가요."

"지금 바로 감옥으로 보내셔도 돼요. 집에 안 갔다 와도 돼요."

"알았으니까 그냥 집에 가서 공부나 하라고. 이전에 이런 일로 경찰서에 온 적 있어요?"

"아니요, 처음이에요."

"다른 일로 온 적은 있어요?"

"없어요."

"알았으니까 다시 안 오게 조심하고 공부나 열심히 해요. 부모님 걱정시키지 말고. 우리 할 일 많으니까 어서 가요."

"가라고요? 끝난 건가요?"

"부모님 불러줘요?"

"아니요, 아니요. 혼자 갈 수 있어요."

"바로 가기 힘들면 저기 대기실에 앉아서 더 울다가 가도 돼요."

"정말 끝난 건가요?"

경찰은 나를 일으켜 세운 다음 다시 대기실로 데리고 가서 의자에 앉혔다. 그리고 내 등을 가볍게 두드리며 말했다.

"이런 데 다시는 오지 마요. 부모님 말씀 잘 듣고."

그러더니 대기실에 앉아 있던 다른 사람을 데리고 수사실로 들어갔다. 대기실에 틀어진 TV 뉴스에서는 오늘 일어난 각종 사건 사고들이 쏟아져 나왔다. 하루 새에 참 많은 일이 일어났다.

나는 약간 멍해진 채로 뉴스를 보았다. 집에 가고 싶지만 다리에 힘이 풀려서 일어날 수가 없었다. 마지막 뉴스는 어학학원과 문제 출제자들이 결탁해서 돈을 받고 기출문제를 유출했고, 이를 주관한 브로커 일당이 잡혔다는 소식이었다. 이 일로 시험이 연기되어 수험생들이 큰 불편을 겪었다고 기자는 소식을 전했다.

이 브로커 일당 중 한 명은 다른 범죄도 자백해서 이전에 저지른 여죄도 추가 수사 중이라는 설명과 함께 브로커 사무실을 급습하여 검거 중인 장면이 화면을 채웠다. 그런데 검거된 브로커 일당 중 한 명의 얼굴이 익숙했다.

우리는 만난 적이 있었다. 흐릿한 얼굴에 나보다 작고 통통한 체격. 옷도 그때 입었던 옷을 그대로 입고 있었다. 우리는 도플갱어라서 같은 날 경찰서에 오게 되었나 보다. 마치 그가 나 대신 잡혀 들어간 것 같았다. 내가 시험지를 훔치던 순간 그들은 검거되고 있었다. 이제야 상황이 파악되었다.

나는 눈물을 닦고 대기실을 나와 경찰서 입구에서 신분증을 돌려받았다. 나는 시험지를 훔쳤다. 그 일이 없던 일이 될 수는 없지만, 적어도 이대로 덮어둘 수 있다는 사실을 깨달았다. 내가 굳이 밝히지 않는다면 주변 사람들은 평생 이 일을 모르고 살 수 있다. 유리 누나가 시험을 치르지 못한 것은 나 때문이 아니라 학원 강사들과 문제 출제자들과 브로커 일당 때문이었다.

그렇게 인정하고 싶었다. 하지만 그런다고 해서 시험지를 훔친 일이 없어지는 건 아니었다. 오히려 창피한 마음이 더 커졌는데 해소할 길이 없었다. 아무한테도 말할 사람이 없었다. 그 누구에게도 털어놓을 용기가 없었다. 경찰서에서도 받아주지 않으니 이 죄를 씻어낼 수가 없었다.

9

나는 며칠간 사람들의 눈을 피해 다녔다. 도서관에도 가지 않았다. 다른 사람들은 어차피 나와 눈이 마주치지 않지만, 유리 누나와 눈을 마주칠 자신이 없었다.

나는 세상으로부터 도망치고 있었다. 내 마음은 한없이 가라앉고 또 가라앉았다. 학교에서도 티 안 나게 영민이를 피해 다녔는데 영민이가 나를 찾았다.

"너 왜 요즘 도서관에 안 와?"

나는 무거운 기분을 들키고 싶지 않아서 일부러 발랄하고 경쾌하게 대답했다.

"그냥. 공부에 흥미를 잃어서. 솔직히 이제 공부 시작해서 대학 간다는 건 불가능한 일인 것 같아. 그런데 너, 내가 도서관 안 가는 건 어떻게 알았어?"

"요즘 매일 도서관에서 공부하거든. 당분간 성적 올리면서 포트폴리오 준비할 거야."

"유리 누나도 계속 나오지?"

"응. 어학 시험이 연기되는 바람에 유학 원서를 못 내게 됐잖아. 전공을 바꿔서 베이징에 있는 다른 학교에 지원하기로 했대. 보안학과 말고 사진 전공으로. 그러면 원서를 낼 수 있다나 봐. 원래 사진 찍는 걸 더 좋아했으니까. 내가 포트폴리오 만드는 걸 도와주고 있어."

"너도 미대 준비 중이니까 많이 도와주면 되겠다."

"응, 그러려고."

"잘되었네."

"진아, 너 정말 괜찮은 거 맞아? 무슨 일 있지?"

"아니, 없어."

영민이가 갑자기 조심스럽게 두 손을 내밀어 내 얼굴을 덮었다. 그리고 손으로 얼굴을 쓰다듬으며 내 얼굴 근육을 확인했다. 부모님이 안부를 묻듯이. 따뜻하고 부드러웠다.

"아무 일 없는 얼굴이 아닌데. 누가 또 너를 괴롭히니?"

영민이가 손바닥으로 내 얼굴을 덮은 채로 말했다.

눈물이 날 것 같아서 영민이의 손을 황급히 얼굴에서 떼어냈다.

"아무도, 아무도 안 괴롭혀. 그냥 피곤해서 그래."

"진아, 언제든 도움이 필요하면 말해."

"응, 고마워."

눈물을 들킬 것 같아서 황급히 몸을 돌려 화장실로 갔다. 영민이는 해결사니까 나를 괴롭히는 사람을 손쉽게 제거하거나 해결해주겠지만, 지금 나를 괴롭히는 사람은 나 자신이었다. 그건 영민이가 도와줄 수 없는 영역이었다. 내가 용기를 내야 하는 싸움이었다. 용기를 내야 한다는 것은 알지만, 어떤 용기가 어떻게 필요한지는 여전히 알 수가 없었다. 무엇이 문제고 어디서부터 해결해야 하는지도 알 수가 없었다. 그냥 동굴에 들어가 숨고만 싶었다.

내가 부족하고 부끄럽게 느껴질수록 영민이가 더욱 빛나 보였다. 저렇게 멋지고 믿음직스러우니 유리 누나가 포트폴리오 만드는 것도 도와줄 수 있겠지. 둘이 다정하게 함께 있는 모습을 상상하니 질투가 치밀었다. 영민이라면 유리 누나도 반할 수밖에 없다는 생각이 들었다.

그동안 한 번도 그런 생각을 한 적이 없었다. 아니, 알면서도 모르고 싶었는지 모른다. 나는 이제껏 그런 생각을 피해왔다. 나는 이제껏 영민이를 부러워한 적이 없었다. 내 친구지만 어디서나 빛나는 존재라 감히 질투하지 못했다. 그런데 지금은 솔직히 질투가 났다. 그 둘 사이에 내 자리가 없는 것 같고, 그것이 나를 불안하게 만들었다. 내가 이 세상에서 아무 쓸모 없게 느껴졌고, 그 생각이 버튼처럼 나를 자꾸 못난 행동으로 이끌었다. 자신감을 되찾고 내 자리를 되찾고 싶었다.

학교가 파한 후 용기를 내어 도서관으로 갔다. 공부하고 있는 유리 누나의 맞은편 자리에 앉아 조심스럽게 속삭였다.

"전공을 바꿔서 지원하기로 했다며. 시험일이 언제야? 내가 같이 가줄까?"

유리 누나는 고개를 들어 대답했다. 그런데 목소리가 들리지 않았다. 나는 다시 물었다.

"나는 늘 누나를 돕고 싶어. 내 마음 알지?"

유리 누나의 입은 움직이는데 이번에도 목소리가 들리지 않았다. 나는 유리 누나와 눈을 맞추려고 했지만, 눈을 마주칠 수가 없었다.

그 순간 깨달았다. 유리 누나와 세상의 시차를 메꿔주는 내 역할이 끝났다는 것을.

나는 방금 그 세계에서 추방되었다. 나는 더 이상 진실한 사람이 아니니까. 나는 그런 능력을 가질 자격이 없으니까. 내게 도착하지 못한 그 목소리는 지금 어디를 떠돌고 있을까? 이제 우리는 아무런 접점이 없다. 끝나버렸다. 모든 것이.

나는 그대로 도서관을 뛰쳐나왔다. 가는 길에 영민이를 마주쳤지만, 그대로 지나쳐 집으로 갔다. 이 상실감과 외로움은 영민이도 해결하지 못할 것이다. 내 역할은 여기서 끝났다. 아니 세상이 끝나버렸다. 지금 여기에서.

4장 미리 도착한 대답

1

나는 언젠가 가게가 품고 있다가 들려준 유리 누나의 목소리를 기억해냈다.

우주엔 휘어진 공간이라는 게 있으니까. 수성 근처에는 중력이 강해서 빛도 휘어지는 공간이 있대. 마찬가지로 내 안에도 블랙홀 같은 공간이 있어서 나를 지나는 시간이 휘어지는 거야.

그 목소리가 언제 어떤 상황에서 누구에게 발화된 것인지 궁금했지만 그걸 결코 알 수는 없을 것이다. 그 목소리는 몇 달 전 내 귀에 들어와 내 안에 자리를 차지하고 있다가, 비로소 다시 내 마음속에서 떠올랐다. 나는 그 말을 곱씹고 또 곱씹었다. 그 말이 내가 추방된 그 세계로 다시 들어가는 열쇠처럼 느껴졌기 때문이다.

우리는 어디서부터 세상과 틀어지고 왜 다시 맞춰지고 또 언제

다시 틀어졌을까? 다시 맞춰질 수는 있을까? 하나만 선택하라고 하면, 나는 온 세상과 틀어져도 단 한 사람과 시공간이 맞춰진다면 그걸로 충분하다고 생각한다. 그런데 그 사람이 나를 싫어한다면 그것만 한 재앙이 없을 것이다. 그럴 바에는 나도 세상도 모두 태양에 타서 녹아 사라지는 게 낫다.

우리의 시공간은 언제부터 틀어졌을까? 우리 안에 블랙홀이라도 있는 걸까? 그것이 무거운 중력으로 우리를 둘러싼 시공간을 끌어당겨서 이런 틈새를 만들었을까? 그렇다면 블랙홀한테 고맙다. 그 틈새 덕분에 우리의 세계에 잠시 틈이 벌어지고, 그 사이로 잠시 잠깐 눈이 마주쳤으니까. 그리고 그 틈새가 곧 닫혀버렸다고 해도 화를 낼 이유는 없을 것이다.

오히려 고마워해야 한다. 짧은 순간이라도 내어준 것에 대해. 우리가 스쳐 지나가면서 잠시라도 서로를 마주 볼 수 있게 해준 것에 대해. 그리고 이제는 일그러진 시공간을 수습하고 꿰매어 다시 살아가야 한다. 하지만 홀로 살아가야 한다는 막막함이 나를 짓눌렀다. 그 외로움이 무서웠다.

이제 세상에 나 혼자뿐이라는 생각이 들자, 내 콘셉트인 포커스아웃 보이가 떠올랐다. 아무라도 붙잡고 하소연하고 싶었다. 그 순간 내가 기대고 위로받을 수 있는 존재는 포커스아웃 보이뿐이었다. 거기 말고는 갈 곳이 없었다.

나는 집으로 와서 오랜만에 포커스아웃 보이 채널의 라이브 영상을 켰다. 은퇴한 지 오래라 다들 잊은 줄 알았는데 구독자들이 하나둘씩 들어오기 시작했다. 라이브 채팅창에 기다렸다는 댓글이 많이 올라왔다. 나는 댓글을 보다가 인사를 시작했다.

안녕하세요. 구독자 여러분. 오랜만입니다.
제 근황을 전하려고 라이브를 켰어요.
속상한 일이 있었습니다. 친구를 도우려고 했는데 잘되지 않았어요. 친구를 돕고자 하는 마음이었기에 저는 그게 선한 행동이라고 생각했어요. 의도가 선했기 때문에 죄가 되지 않는다고요.
하지만 사실은 친구를 돕고자 하는 마음보다는 제 재능을 뽐내고 싶은 마음이 컸습니다. 나도 하나쯤은 남들보다 잘하는 것이 있다는 걸 보여주고 싶었어요. 평소에는 감춰두고 있는 능력이지만, 필요할 때는 마음껏 꺼내 쓸 수 있는 재능이라고 자랑하고 싶었던 것 같아요. 인정받고 싶은 마음을 타인을 위한 마음인 양 포장하려 했다는 게 제일 비겁하고 못난 점인 것 같아요. 대단한 사람이 되고 싶은데 내가 너무 보잘것없어 화가 나니까 세상에 분풀이하고 싶었던 거죠.
내가 이런 대단한 사람인데, 나를 몰라보는 세상이 미웠습니다.
그 마음을 인정하기가 참 어려웠습니다. 또 더 깊은 속마음에는 곧 먼 곳으로 떠나는 그 친구가 꿈을 이루는 데 실패해서 떠나지 못하길 바라는 이기적인 마음도 있었습니다. 생각해보니 너무 부끄럽네요. 그 친구한테 가장 먼저 사과해야 하는데 그러지 못했어요.
애플 님, 후원금 만 원 감사합니다. 네? 이 돈으로 당장 택시 타고 가서 사과하고 오라고요? 저는 이제 그 친구와 대화를 못 나눠요. 자격이 사라졌어요.

봉사 님, 후원금 만 원 감사합니다. 네? 이 돈으로 홍삼 음료 사 마시고 힘내서 사과하러 가라고요? 돈이 문제가 아니에요. 돈은 그만 보내주셔도 됩니다.

저는 이미 벌을 받았어요. 그 친구랑 대화할 수 없거든요. 저는 지금 무척 창피합니다. 그 얘기를 하려고 켰습니다. 이게 오늘의 나입니다. 반성하고 있지만 어떻게 해야 할지 모르겠습니다.

나는 올라오는 댓글들을 천천히 다 읽었다. 비겁하다는 악플도 있었지만 공감해주고 힘내라는 댓글이 더 많았다. 비슷한 경험을 올려준 사람도 있었다. 얼굴도 모르는 사람들이 보내오는 말들이 뜻밖에도 큰 위로가 되었다. 나만 그런 게 아니라 다른 사람들도 비슷한 실수를 할 때가 있었다. 그리고 용기 있게 그 경험을 나눠주는 사람들이 거기에 있었다. 힘을 내라고.

나는 감사 인사를 끝으로 라이브 영상을 껐다. 시험지를 훔쳤다는 얘기를 들어도 그들이 똑같이 나를 응원해줄까 하는 마음에 또다시 비참해졌다. 내가 어쩌다가 그런 행동을 저질렀는지 믿어지지 않았다. 잠시 정신이 나갔던 것 같다.

나는 냉정한 마음으로 내 행동의 원인과 결과를 하나하나 따져 보았다. 그러다 문득 편의점에서 처음으로 와인을 훔쳤을 때 유리 누나가 경고문을 건네며 했던 말이 생각났다. 이유 없이 그냥 하는 건 없다고. 그럴 만하니까 그랬겠지만, 그 이유를 나 자신한테는 설명할 수 있어야 한다고. 그렇지 않으면 같은 행동을 평생 반복하게 될 거라고.

유리 누나가 맞았다. 나는 같은 행동을 반복했고, 이번에도 내 행동의 이유를 설명하지 못한다면 계속 반복하게 될 것이다. 유일한 해결책은 스스로 인정하는 것이다.

나는 인정해야 했다. 선의의 포장지에 가려진 나의 인정 욕구를. 나를 몰라주는 세상에 대한 울분을. 그만큼의 결핍을.

내가 나의 결핍을 자각할 때마다 심장이 강타당하는 것 같은 아픔을 느꼈다. 그렇지만 비겁하다는 악플보다는 내 결핍을 자각하는 아픔이 더 견딜 만했다. 더 뜨겁지만 시원하기도 했다. 나는 그 고통을 조용히 받아들였다.

인정했으니, 그다음은 용기를 낼 차례였다. 용기 내어 사과하러 가야 했다. 나는 나가서 택시를 잡았다.

2

 나는 택시를 타고 도서관으로 갔다. 자료실에서 유리 누나와 영민이가 나란히 앉아 공부하고 있었다. 나는 둘에게 손가락으로 위를 가리키며 옥상으로 가자는 제스처를 취하고 자료실을 나왔다. 유리 누나와 영민이가 옥상으로 따라 올라왔다. 나 없이는 둘이 절대 못 만날 줄 알았는데 계속 잘 만나고 있었다는 사실에 마음이 아팠다. 아무래도 내 능력이 사라진 대신 영민이가 특수한 능력을 얻어서 누나와 세상의 시차를 줄여주는 게 틀림없었다. 이제 이해가 갔다. 그랬던 것이다.

 나는 유리 누나에게 말했다.

 "누나, 사과하려고 왔어."

 누나가 고개를 들어 내 눈을 똑바로 바라보았다. 나는 그 시선을 피하지 않고 말했다.

 "미안해. 내가 큰 잘못을 저질렀어. 누나까지 범죄자로 만들 뻔했어. 그러면서 내 잘못을 인정하지 않았어. 비겁하고 못났어. 지금 너무 창피해. 너무 창피해서 죽고 싶을 정도야."

유리 누나가 가방에서 무언가를 꺼내 내밀었다. 초코송이 과자였다.

"이게 뭐야?"

"독버섯."

"사형선고네. 알았어! 이거 먹고 지금 죽을게."

"야, 죽긴 왜 죽어."

영민이가 말했다.

"영민아, 너는 언제부터 유리 누나랑 잘 만나게 된 거야?"

"우리가 어떻게 함께 있는지 궁금한 거지?"

"내 능력이 너한테로 옮겨 간 거 맞지?"

영민이랑 유리 누나가 킥킥거리며 웃었다. 나는 웃을 기분이 아니었다. 정말로 죽고 싶었기 때문이다. 누나랑 단둘이 대화하고 싶었지만, 누나와 시차 없이 대화를 나눌 수 있는 건 영민이 덕분이라고 생각하니 자리를 비켜달라고 할 수가 없었다. 답답함이 몰려왔다.

영민이가 말했다.

"최근에 유리 누나랑 매일 도서관에서 만나고 있어. 어떻게 그게 가능한지 궁금하지? 우리는 약속하지 않거든. 약속 시간을 잡지 않으니까 늦을 일도 없는 거야. 자연스럽게 만나지면 만나고, 못 보면 그런가 보다 하고. 그런 거야."

유리 누나가 영민이한테 손을 내밀며 말했다.

"내가 이겼어. 이겼으니까 핫초코 사다 줘."

"이기다니?"

내가 물었다.

"우리 둘이 내기했거든. 누나의 시차를 맞춰주는 네 능력이 사라진 것처럼 행동했을 때 네가 진짜로 믿는지 안 믿는지. 나는 네가 그 능력이 사라진 걸 절대로 안 믿을 거라고 했고, 유리 누나는 받아들일 거라고 했어. 유리 누나가 이겼네."

영민이가 대답했다.

"목소리가 도착하는 시간이 제멋대로라 가끔은 0.5초 만에 들리기도 하거든. 그게 싫어서 싫은 사람이랑 대화할 때는 목소리가 늦게 도착하는 척을 할 때가 있어. 이렇게 소리 없이 입 모양만 달싹거리는 거야."

누나가 소리를 내지 않고 입 모양으로만 말을 했다.

"그러면 누나, 연기한 거야? 목소리 없이 입 모양으로만? 너무해! 나는 정말로 세상이 끝나는 줄 알았다고."

비록 독버섯 사형선고를 받았지만, 유리 누나의 목소리가 바로바로 도착한다는 사실에 기뻐서 날뛰고 싶었다. 영민이는 내기 승리자를 위한 핫초코를 사러 내려가고, 옥상엔 유리 누나와 나만 남았다.

유리 누나가 말했다.

"그게 세상이 끝날 일인가? 범죄도 아무렇지 않게 저지르는 사람이?"

유리 누나는 내 잘못을 알고 있었던 게 틀림없다. 나는 얼굴이 벌게졌다.

"그 일은 정말 잘못했어. 진심으로 반성하고 있어. 사과하러 온 거야. 두 번 다시 그런 일 없을 거야. 내가 왜 그런 행동을 했는지 알게 되었으니까."

"잘못을 안다고 해서 사람이 변하는 건 아니야."

"단번에 바뀌진 않겠지만, 그래도 있는 그대로의 내 모습을 받아들이고 인정해보려고 해. 나 자신을 속이지 않고 못난 나와도 잘 지내보려고 해. 부끄럽다고 회피하고 도망치지 않을 거야."

"오늘은 좀 어른 같네?"

"그리고 솔직히 질투가 났어."

"누구한테?"

"둘이 사귀는 거 맞지?"

"누구? 나랑 영민이? 다른 사람은 몰라도 네가 그렇게 말하면 안 되지. 왜 그런 생각을 했어?"

그 질문은 한 번도 해본 적이 없었다. 나는 왜 그런 생각을 했을까? 왜 질투를 느꼈을까? 혹시 내가 유리 누나를 좋아하나? 좋아하는데 내 마음을 잘 몰랐나?

"혹시 내가 누나를 좋아하는 거면, 누나를 좋아해도 돼?"

"그게 무슨 말이야?"

"나도 무슨 말인지 정확히 모르겠는데 그게 내 진심이야. 내가 누나를 좋아하는지 아직 잘 모르겠는데, 혹시 좋아하는 거면 누나를 좋아해도 되는지 허락받고 싶어."

횡설수설 말하면서도 내가 정말 못났다고 생각했다. 그런데 그렇게밖에 말이 안 나왔다. 이제 막 깨달은 사실이지만 나는 누나를 좋아하는 게 확실했다. 유리 누나는 잠시 생각에 잠기더니 입을 달싹인 다음 그대로 옥상을 내려가버렸다. 나는 입 모양을 읽는 법을 익히지 못했다.

나는 한참 동안 옥상에 혼자 남아 있었다. 누나가 장난친 게 아니라 정말로 목소리가 뒤늦게 찾아올 수도 있다고 생각했다. 그만큼 대답이 절실했다. 이렇게 누나와 나의 온도 차가 다르다는 것이 이미 대답인 셈이지만, 그 사실을 인정하고 싶지 않았다.

나는 초코송이를 뜯어 '독버섯 하나, 독버섯 둘' 하고 하나씩 세면서 다 먹었다. 마지막 독버섯을 다 먹을 때까지 유리 누나는 옥상으로 돌아오지 않았다. 그것 역시 일종의 대답일까.

나는 밤새도록 옥상에서 기다릴 수 있었지만, 터벅터벅 집으로 걸어 돌아왔다. 독버섯을 너무 많이 먹었기 때문에 이대로 옥상에서 죽으면 안 되니까. 어쨌든 고백이라도 해봤으니 후회는 없었다.

3

　유튜브 영상을 다시 보니 또다시 악플로 도배되어 있었다. 사람들은 얼마 전 브로커 시험지 유출 사건 뉴스에서 내가 수감되는 장면을 봤다며, 어떻게 탈옥했냐면서 신고하겠다는 댓글을 지속적으로 달고 있었다. 너 같은 인간은 살아 있을 가치가 없다는 댓글은 정말 내 마음에 타격을 주었다. 수감된 사람은 내가 아니지만 결백하지도 않았기 때문이다. 시험이 취소되면서 피해 본 사람들이 많았다. 수감된 포커스아웃 보이와 내가 어떤 식으로든 연결되어 있다고 느꼈다.

　내가 저지른 잘못이 뼛속 깊이 후회되었다. 시험 자체가 무효니까 내가 유출한 시험지는 어차피 무용지물이었다고 수없이 변명해봤지만, 내가 저지른 일까지 없던 일이 되는 건 아니었다. 그에 합당한 벌을 받고 사죄의 시간을 갖고 싶었다. 경찰서에 가서 자수하고 유리 누나에게 사과하고 용서도 받았지만, 그와는 별개의 문제였다. 스스로를 인정하고 받아들인다는 것은 이렇게 뼈아픈 일이었다.

방에서 혼자 울고 있는데 엄마와 아빠가 노크하고 방에 들어왔다. 나는 엄마한테 안겼다. 아빠가 그런 나를 뒤에서 안아주었다.

"온 세상이 나를 거부하는 것 같아."

"아니야. 세상이 너를 원하니까 네가 태어난 거야."

"잘 모르겠어. 내가 왜 태어났는지. 엄마 아빠는 나한테 바라는 게 있어?"

"우리가 너한테 바라는 게 뭐냐고? 솔직히 말해도 돼?"

"최대한 솔직하게."

"네가 배 속에 있을 때⋯⋯ 네가 태어나면 우리 셋이 다 같이 게임을 하면 좋겠다고 생각했어. 엄마랑 아빠는 온라인 게임에서 만났고 같이 게임하려고 결혼했으니까, 그 결실로 태어난 너와 함께 게임을 할 수 있다면 얼마나 좋을까 생각했지. 네가 우리만큼 게임을 좋아하지 않아서 조금 실망했지만 강요한다고 될 문제는 아니니까. 솔직히 그게 전부야. 네가 건강하고, 우리랑 즐겁게 게임도 하면서 많은 시간을 보냈으면 좋겠다고 바란 적이 있어."

"정말 그게 전부라고? 노력은 해보겠지만 나는 엄마 아빠만큼 게임을 좋아하기는 어려울 것 같아."

"그래도 괜찮아. 그건 우리의 꿈이지 너의 꿈은 아니니까. 너는 네가 꿈꾸는 대로 살아야지."

"꿈이 없어서 그래. 뭘 하고 살아야 할지 잘 모르겠어. 다들 어떻게 벌써 인생의 목표를 찾아서 열심히 사는 건지, 나는 진짜 이해가 안 돼."

"사람이 꿈을 가지고 그 꿈을 이루기 위해 열심히 노력하는 건 아름다운 일이지만, 엄마 생각엔 그것도 낡은 얘기 같아. 굳이 무언가가 되려고 노력할 필요는 없지 않을까?"

"그래도 이 세상에 태어난 데는 이유가 있을 거 아냐."

"엄마 아빠가 어릴 때는 꿈은 클수록 좋다고, 그 꿈을 이루기 위해 열심히 노력하며 사는 것이 당연하다고 여겼어. 하지만 이제는 시대가 바뀌었잖아. 뉴스에서 나오는 것처럼 인공지능 시대가 되거나 기후 위기로 지구 환경이 급변한다면 과거와는 전혀 다른 세상이 될 테니까. 꿈을 이루고 싶어도 그 일이 사라져버렸거나 아예 살아갈 터전 자체가 없어질 수도 있는데, 너희한테 무엇이 되라고 어떻게 강요할 수 있겠니. 꼭 훌륭한 누군가가 되지 않아도 괜찮아. 대단한 무언가를 이루지 않아도 괜찮아. 그저 너로 존재하기만 해도 돼. 어쩌면 그게 가장 어려운 일일지도 몰라. 네가 자신과 잘 지낼 때에만 그렇게 할 수 있거든. 그러니까 우선은 너 자신하고 잘 지내도록 노력해봐."

"나 자신하고 잘 지내는 게 뭔지, 어떻게 하면 되는지 모르겠어."

"이제 조금은 알게 된 게 아닐까? 너를 그대로 인정하는 거지. 잘나면 잘난 대로, 못나면 못난 대로. 게임 캐릭터 키우는 것과 비슷해. 너를 잘 관찰하고 지켜보면 돼. 네 마음을 잘 들여다보면 돼. 분노 게이지가 올라가면 화가 났구나! 알아봐주고, 기쁘면 기쁘구나! 왜 기쁜지도 알아봐주고. 그렇게 슬플 때는 슬퍼하고 행복할 때는 행복해하면 되는 거야. 그런데 그 게임 캐릭터에 너무 몰입하면 부작용이 생길 순 있어. 약간의 거리를 두고 관찰해야 자기감정을 제대로 바라보고 받아들일 수 있는 여유 공간이 생겨.”

"정말 그게 다야? 산다는 건, 조금 더 큰 이상을 향해 달려가야 한다고 배웠는데. 도서관에 꿈을 얘기하는 책이 그렇게 많은 데는 이유가 있는 거잖아?”

"꿈을 실현하는 것도 중요하지만, 매 순간 나 자신과 잘 지내며 내 감정에 충실하게 사는 것도 괜찮은 삶이 아닐까? 남에게 피해를 주지 않는다면 말이야. 엄마 아빠는 그렇게 생각해.”

"나는 아닌 것 같아.”

"아닌 것 같으면 더 찾아봐. 시간은 많아. 실패해도 되고.”

"그렇게 낭비할 시간이 없잖아.”

"그건 아니라고 확실하게 말할 수 있어. 지금 너에겐 낭비할 시간밖에 없어. 맘대로 써. 실패하고 또 실패해도 괜찮아. 어떻게 사는 게 잘 사는 건지 찾아보고 또 찾아봐. 그런데 일단은 밥 좀 먹자. 배고프지?”

"응.”

엄마 아빠는 주방으로 가서 따뜻한 밥을 차리기 시작했다. 맛있는 냄새가 풍겼다. 공허했던 내 마음에 온기가 얼마간 채워지는 것 같았다. 삶의 목적이 이렇게 사랑하는 사람들과 둘러앉아 따뜻한 밥을 함께 먹는 것처럼 간단하다면 좋겠지만 그게 다는 아닌 것 같았다. 엄마 아빠는 그걸로 충분하다고 했지만, 나를 안심시켜주려고 하는 말인 걸 다 안다.

세상에서 대체 불가능한 특별한 사람이 되고 싶은 욕망. 나에게 그 욕망이 있다는 것을 이제는 인정할 수 있게 되었다.

나는 세상에서 특별한 사람으로 존재하고 싶다. 온 세상이 안 된다면 단 한 사람에게라도 특별한 누군가로 존재하고 싶다. 그 사실을 인정하고 받아들이고, 그것이 이루어지도록 노력하고 싶다. 실패할까 봐 도망치고 미리 포기하는 행동을 더는 하고 싶지 않았다. 세상과 정면으로 대면하고 싶었다. 그게 어떻게 가능할지는 모르겠지만.

4

유리 누나는 베이징에 있는 대학의 사진학과에 합격했다. 나는 유리 누나가 한국에서 진학하기를 바랐지만 그런 일은 일어나지 않았다.

나는 여전히 수업이 끝나면 매일 도서관에 갔다. 영민이와 유리 누나도 매일 만났다. 두 사람은 사진과 미술 화보가 꽂혀 있는 서가에 오래 머물렀고, 나는 영상 자료실에서 영화 DVD를 보기 시작했다. 유튜브 영상을 편집하다 보니 영상 편집에 관심이 생겼다. 나는 도서관 옥상에서도 많은 시간을 보냈다. 아무래도 계속 기다리고 있는지도 모르겠다, 누나의 대답을.

어느 날 도서관 옥상에서 영민이가 말했다.

"내가 유리 누나한테 고백했거든. 사귀자고."

"누나가 뭐래?"

"내가 대답해달라고 종이를 내밀었는데 말로 대답을 하더라고.

그 목소리가 아직 도착하지 않았어."

"어디서?"

"응?"

"어디서 고백했냐고?"

"여기서."

"왜 하필 도서관 옥상이야? 헷갈리게?"

나는 한숨이 나왔다.

"운치 있잖아."

내가 같은 장소에서 고백했다는 걸 모를 테니 영민이를 탓할 수는 없었다.

"차라리 좋아한다고 말할걸."

"응? 뭔 소리야?"

"나도 이 자리에서 좋아해도 되는지 물어봤는데 답을 못 들었어."

"좋아하면 좋아하는 거지, 그걸 왜 허락받아야 해?"

"나 같은 게 누굴 좋아해도 되는지 모르겠어서. 나는 이 세계에 있어도 존재하지 않는 유령 같다는 생각을 오래 했거든."

"아니, 그건 또 뭔 소리야. 험한 말 나오는데 참는다."

"유리 누나도 그렇게 생각했는지 몰라."

그 말에 영민이는 한참을 침묵하더니 혼잣말처럼 중얼거렸다.

"나도 사귀자는 말 대신에 그냥 좋아한다고 말했으면 대답이 필요 없었을 텐데. 기다릴 필요도 없고."

"말 안 해도 이미 알고 있지 않을까?"
"말없이 안다고 해도, 굳이 말로 해야 하는 말들이 있어."
나는 하늘에 대고 소리쳤다.
"좋아해."
영민이가 대답했다.
"나도 너를 좋아해."
"아니, 너 말고 유리 누나. 지금 이렇게 고백하면 내 목소리가 여행을 떠나 유리 누나가 베이징에 도착할 때쯤이면 도착하지 않을까?"
"야, 목소리를 왜 혼자 보내냐. 지금 택시 타고 가서 좋아한다고 말해."
"너나 가서 말해."
"곧 떠날 사람한테 말해서 뭘 해."
우리는 쓸쓸하게 옥상 난간에 기대어 있었다. 솔직히 믿기지 않았다. 두 사람에게 고백을 받고도 유리 누나가 베이징으로 가는 선택을 했다는 것이. 거기에 가면 아빠를 만난다는 보장도 없는데. 그래도 또 다른 인연이 기다리고 있겠지. 그걸 미리 축하해 주는 법을 배워야 한다, 우리는.

베이징으로 떠나기 전날, 유리 누나는 가게에 버거를 먹으러 왔다. 유학 가기 전날이라 엄마와 시간을 보낼 줄 알았는데 누나는 나를 만나러 왔다. 유독 엄마에 대해 말을 아끼는 걸로 보아

그다지 사이좋은 편이 아닌 것 같았다. 영민이는 가족여행으로 해외에 가 있어서 함께하지 못했다.

가게 휴무일이라 버거 가게에는 우리 둘뿐이었다. 나는 가게에 누나를 처음 초대한 날처럼 나무가 보이는 방향으로 의자를 배치하고 내가 만든 버거를 대접했다.

유리 누나가 버거를 한입 베어 물고 말했다.

"여전히 맛있어. 이 맛이 오랫동안 그리울 거야."

"우리가 살면서 그리운 맛을 몇 개나 더 가지게 될까?"

"꼭 많을 필요는 없을 것 같아."

"같은 맛을 기억한다는 건 소중한 인연인 것 같아."

"진아. 내 소원 한 가지만 들어줄 수 있어?"

"뭔데?"

"마지막으로 저 나무 보면서 핫초코를 마시고 싶어. 여기는 핫초코 없지. 핫초코 좀 사다 줄래?"

"물론이지."

근처에 핫초코 맛집이 있었다. 나는 바람처럼 달려서 갔다 왔다. 무슨 소원이든 다 들어줄 자신이 있었는데 고작 핫초코인 게 조금 아쉽기도 했다.

핫초코 두 잔을 들고 가게로 들어서는데 누나가 말했다.

"고마워. 핫초코는 사실 핑계고 이 공간에 혼자 있고 싶었어."

"아, 그런 거면 말하지. 천천히 걸어서 갔다 올걸. 기다릴까 봐 뛰어갔다 왔잖아. 마들렌도 사다 줄까?"

"아니야. 충분했어. 편지를 남겼어."

"누구한테?"

"이 공간에. 그 목소리를 누가 받을지는 모르지만."

"궁금하다. 그 목소리가 도착할 때까지 가게가 안 망하면 좋겠는데."

"이제 너는 바빠질 거잖아. 여기 올 시간도 없을걸."

"모르는 사람이 그 편지를 받아도 상관없어?"

"응. 누구에게라도 가닿으면 좋겠다는 마음으로 수신인 없는 편지를 띄운 적 없어?"

"바다에 띄운 물병 속 편지 같은 거 말이지? 나는 속 터져서 그런 거 못 견뎌. 그런데 그런 편지를 받은 적은 있어."

"우리는 늘 내 것이 아닌 편지를 대신 받으며 살고 있어. 다른 장소, 다른 시간에서."

"내가 받은 편지도 수신인이 나는 아니었지만, 나는 나한테 온 편지라고 생각했어. 그 내용은 분명 그랬어. 보낸 사람은 몰랐겠지만."

"도서관에 있는 많은 책은 다 잘못 배달된 편지일지도 몰라. 어떤 편지들은 몇백 년 동안 여행을 하지. 결국은 정확한 시간에, 그 이야기가 필요한 사람에게 꼭 맞게 도착하는지도 몰라."

"그럼 누나 대답도 그 대답이 필요한 사람이 받겠네?"

"무슨 대답?"

"나랑 영민이가 도서관 옥상에서 한 질문 말이야."

누나의 표정이 살짝 굳었다.

"누나는 내일 떠나잖아."

"영원히 헤어지는 것도 아닌데, 뭘."

"나는 사실 누나가 도망치는 건 아닌지 걱정했어. 내가 그랬거든. 오랫동안 존재하지 않는 유령처럼 살아서 그런지, 누가 나를 좋아할 수도 있다는 사실을 받아들이기 힘들었어. 이런 내가 사랑받아도 되는지 자꾸 세상에 허락을 구하고 싶고, 사람들이 좋아하지 않을까 봐 먼저 스스로를 망쳐버리고 싶은 마음도 들고. 관심받고 싶고 인정받고 싶은 마음이 이상한 방식으로 삐죽 비집고 나왔어. 상처받기 싫어서 미리 방어막을 친 거지, 중2처럼."

"나도 한때 그랬을지도 몰라. 지금은 아니지만."

"지금 도망치고 있잖아. 시작하기가 겁나서."

"시작하기가 겁나서 도망친다고 하기엔, 우리는 이미 많은 것을 나눈 것 같은데?"

나는 우리가 함께한 시간을 떠올려보았다. 분명 많은 시간을 함께했음에도 시작하자마자 끝난 기분이었다.

"관계란 건 너한테 속한 것도 아니고, 나한테 있는 것도 아니야. 우리 사이에 공간이 하나 더 생기는 거야. 둘 중 한 명이 사라져도 그 공간은 영원히 남아 있는 거야. 이건 아빠가 헤어질 때 해준 말이야. 우리가 함께 만들어낸 관계, 그 공간은 어디 안 가. 그 시공간은 사라질 수가 없어."

누나가 가방에서 무언가를 꺼내 내밀었다.

"뭐야, 또 독버섯이야? 이러다가 독에 내성 생기겠어."

초코송이가 아니라 필름 인화지에 프린트된 사진이었다. 내 생일날 찍은 사진이었다. 내 독사진도 있고 엄마 아빠, 영민이와 함께 찍은 사진도 있었다. 모든 사진에서 내 얼굴은 한결같이 뚜렷했다. 포커스아웃이 아니었다.

내 얼굴에만 포커스가 맞아서 나를 제외한 모든 것이 배경처럼 흐릿했다. 누나가 내 얼굴을 볼 때 어떤 느낌인지 알 것 같았다. 우리가 늘 함께할 수 없는 이유도 조금은 알 것 같았다. 나를 보려면 나를 제외한 온 세상이 흐릿해지니까. 내 얼굴은 영민이가 그려준 그림보다는 못생겼지만 훨씬 행복해 보였다.

너를 봤어.

나는 그 뒤에 이어질 말들을 이미 알고 있었다. 그 목소리들은 먼저 와 있었다. 그 목소리의 수신인이 나인 줄은 모르고 미리 받았지만.

작가의 말

2006년에 저는 6mm DV 캠코더를 들고, 친구들과 함께 단편영화를 찍었습니다. 제목은 「포커스아웃 소년, 싱크아웃 소녀를 만나다」였습니다. 후반 작업에서 포커스아웃 소년이 등장하는 모든 장면을 얼굴을 흐릿하게 수정하느라 고생했던 기억이 납니다.

2018년에 첫 장편소설 『산책을 듣는 시간』이 출간되었습니다. 첫 책이 나오고 한참 뒤에 저는 주인공인 수지와 한민이 단편영화 「포커스아웃 소년, 싱크아웃 소녀를 만나다」 속 두 주인공의 변형이라는 것을 깨달았습니다. 각자의 방식으로 세상과 다소 어긋나 있는 두 사람이 만나는 이야기를 반복하고 있었던 겁니다. 그 이유가 궁금해서 포커스아웃 소년과 싱크아웃 소녀의 이야기를 이렇게 다시 소설로 쓰게 되었습니다.

솔직히 고백하면, 단편영화를 찍고 두 편의 장편소설을 쓰고 나서도 아직 모르겠습니다. 왜 제가 아직도 이 두 인물에서 벗어나지 못하고 있는지. 왜 아직도 이 두 인물의 관계를 알 수가 없는지.

이번 소설을 쓰기 시작했을 때 두 사람이 만나긴 하지만 함께 가지는 않을 거라는 것을 예감했습니다. 그것만 알고, 정작 이 얘기가 어떻게 흘러갈지는 전혀 모른 채 소설을 썼습니다. 고백하기에 부끄럽지만, 작가들은 자기가 쓰는 이야기가 무슨 이야기인지 모르고 쓸 때가 있습니다. 그래도 괜찮은 까닭은, 모든 이야기는 독자들의 상상 속에서 완성되기 때문일 것입니다.

고통 속에서 인물이 성장한다는 것을 알고 있지만, 등장인물들에게 고통을 주고 싶지 않아 끝까지 가보지 못한 면이 있습니다. 작가로서 저의 나약함 때문이라고 생각하시고 용서해주시기를 바랍니다. 이 소설 속 인물들이 앞으로 어떤 삶을 펼쳐나갈지 잘 모르겠습니다. 독자들의 상상 속에서 그들은 다시 만나기도 하고, 혹은 영원히 마주치지 못하기도 하겠지만 각자 나름대로 잘 살아가겠지요. 그 이야기는 독자들의 상상을 타고 여러 갈래로 나뉠 테지만, 그 각각의 이야기들이 모두 진실할 것이라고 믿어 의심치 않습니다. 독서라는 특별한 활동을 통해 이 이야기에 동참해주셔서 참 고맙습니다.

원고 수정 단계에서 많은 도움을 주신 박지현 편집장님께 특별히 감사 인사를 드리고 싶습니다.

정은